我爱极了这样的烟火红尘，江山有序，盛世清宁。
万物秉承着它们的规律，有来有往，起落随意。

时光湛湛，它喧嚣时纷呈飞扬，安静时若秋水长天。
人生若清风白云，看似闲逸自在，转瞬却无了踪影。

存草木心性，含山水情怀，
我们就是在细碎的生活中、点滴的光阴里，不经意地修禅。

今日繁花满树，明日已是落红成雨。

年华易逝，聚散有定，唯有心，在风尘中愈发洁净。

每当我遭逢困境，或被风露所欺，
伴随我的，则是那盏清茶。

之意作起
上大學
只身負笈
遠行外
面天大地
女怎顧身
丁酉冬月造
讀書冊并
記，老树

曾经，母亲无数次倚着门窗，怅望天涯流转的我。

而我，竟无一次为之停留。既不能承欢膝下，又何必频频回首。

树上的枝叶，檐下的鸟雀，稀疏的行人，以及窗下氤氲的茶烟，那般生动真实，只觉万物都有情义。

白落梅

著

人世间有一种清光

湖南文艺出版社
HUNAN LITERATURE AND ART PUBLISHING HOUSE

博集天卷
CS-BOOKY

人世间有一种清光

近来，喜欢"清光"这个词，洁净，生动，且温柔。恰在这秋日，万物清简，不染铅华。裁布制衣，养花栽菜，喝茶饮酒，皆是人生的清光。

时光兵荒马乱，江湖刀光剑影，人世风云莫测，皆不适宜我。人间富贵，纸上功名，于我有何益？人世匆急，不计得失，无谓荣辱，每一寸光阴，都值千金。纵有风雨，不如意，也要过得活色生香。

故而我对生活，多了几许从容姿态。是慷慨，是俭约；是留取，是离舍：皆自然坦荡，不夹杂丝毫迟疑。我心思简净，却也辽阔，像《诗经》里的句子，亦如唐诗里的风情。

汉唐风物，宋明遗迹，与今朝有何异？只不过更换了一个朝代，交替了一段风景。有一天，我们亦会成为历史中的人物，被湮没在岁月的荒野里，无迹可寻。

光阴无情，让我们在不经意间，一天天老去。从初时的茫然失措，到后来宛然接受，也是哀怨无多，喜乐有限。亦曾是柔艳坚韧的女子，似梅经霜雪，百折不屈。今时，则甘愿顺从世事，守着如流岁序，内心清平淡然。

人的一生，大多只是寻常的日子，心有柔情，藏山水，方能过出一种新意。为人处世，对自己，对别人，多一些悲悯，少一些苛刻，便不生烦恼。涉世过深，易生悲感，徒添困惑与惆怅。人生难得糊涂，和纯净的人相知，与美好的事物相依，得一世静好。

但凡有烟火之地，皆是绵密深稳，可寄身处，则叫人心安。门庭的绿柳，廊檐的燕子，堂前的旧物，桌案的肴馔，都是光阴的温柔，人间的清光。

以往总说，万事万物皆有机缘，今生与文字相遇，和清茶相守，亦该是前世的宿约。因为有了寄托、牵挂，心中亦觉存了念想，而不再寥落孤清。或有低落之时、病榻之上，读一卷闲书，煮一盏清茗，瞬间便从忧愁中解脱出来。

都道世事维艰，然柴门陋室，可蔽得风雨，茅舍竹榻，自有雅趣。如此，又怎管山河浩荡，风云聚散，草木荣枯，光阴增减。

人活着需要风骨，不失气节，亦不可缺少境界。喝酒需有豪情气概，如江流不息；品茶则要温雅沉静，似丝竹之音。内心安定，则与日月山川相宜，一如秋树，纵有枯时，依旧是奇姿俊逸，不减风流。

每个人身上都有一道清光，见或不见，都在那里。有缘者，自是水远山长，亦可成为知己。纵不是志气相投，亦可远观，毕竟所有的邂逅，都需要机缘。

与人如此，与景亦相同。每年都要去苏杭走上一遭，不与谁相约，亦无有相欠。只因那片山水、那剪风景有一种清光，令人温润安静。姑苏园林古意典雅，道不尽的婉约柔肠；西湖水气逼人，又是一种飞洒清扬。

一遮一掩，一疏一密，都是风情，皆有韵致。或坐于绿荫亭台，品一盏佳茗，听一曲评弹，幽静闲远。或小船游湖，闻山寺钟声，空灵无边。多少诗客美人，因此间山水而得名，但它们从来只是在仙境，不曾记住过谁。

但凡美好的事物，不可以有强难，亦不可有抉择。它们的美，让人不忍与之长相厮守，偶然的一次重逢，胜过暮暮朝朝。如此，相思有了归依，聚和散都是好的。

这些年，我把走过的光阴、细碎的心情，都记在书本里。字由心生，或有不尽意处，却无半句浮辞。只为了与你们遇见，亦为了让自己不要轻易遗忘。若是喜爱，我自当珍重万千，若有惊扰，我只能说声抱歉。

以往中意之物，总是对之念念不忘，想着若有一日，将其占为己有，与之相伴情长。后来，真正拥有，竟觉多余，于是又无情舍弃。想来，人生之境，当是删去繁复，省略一切，素净修行。

但人世间有许多巧妙的片段，不可忽视。与某个人，擦肩而过的刹那回眸，和一本书，突如其来的深情对望。乃至一帘烟雨，一枚落叶，一粒尘埃，都可见人生的清光。哪怕是小小的生灵，也有向善之心。让人为之感动，温暖，且欢喜。

天地明净，时间无恙。若可以，我愿做途经你岁月的那一缕清光，不要长情的陪伴，只要偶然的相逢。如此，是远是近，是去是留，是爱是怨，皆不惊扰。

光阴的故事

· 前言

晨雨初过，窗外明净如洗，暮春绿意深浓，恰似我那刚刚走过的年华。我惊叹时光可以如此从容，历人世沧海，四时更替，依旧安静清白，温柔有情。

此刻光阴，好似词句中的模样。"春色撩人，爱花风如扇，柳烟成阵。"只是春日花事已尽，寻常岁月里，又有了莲荷的消息。人世风景悠悠，而我生来好似便与翠竹梅花结缘，一生心事交付，却又清淡如水，不落情爱。

春雨煎茶，温润清澈的茶水中亦只是深沉世味，却又闲静淡远。人事飘忽，烟火迷离，唯有一盏清茶陪我红尘经世，两无猜嫌，岁序静好。内心柔软之时，水色风影皆有诗情言语，小楼巷陌亦是含蓄婉转。

人世间的修行，皆是自然简明，不留痕迹。况我落落姿态，不喜与人多生嫌隙，随缘喜乐。纵有执念，亦不过是对草木长情，于旧物多了几分痴心。尘世间，不过一个你，一个我，有缘则遇，无缘则散。

一生好长，历经千百劫难，方可铅华洗尽，从容老去。一生亦好短，看罢千种风光，亦不过是简单的模样。世间情爱，在前世已注定，有些人是你今生灵魂的归依，纵是曾经擦肩，亦会远别重逢。有些人错过了，则是一生一世，此后暮雪千山，再不相见。

我喜爱的茉莉，仿佛在夜静风闲时，悄然绽放。飘逸清雅的姿态，好似当年白衣胜雪的我。岁月无心，它给过许多美好，亦给了许多伤害。尘埃落定，我亦只想寻一个清淡的人，在安静的庭院里，一同倾听光阴的故事。

愿做那秋水女子，用雨露清茶，洗去一身铅华，连悲喜亦是清澈明净。漫漫河山，历沧桑世态，流转变迁，还是初时模样，慈悲简约。它时而像一位儒雅的高士，旷达高远，时而像一位绝色佳人，翩然飘逸。

人生静美，赏过几度秋月春风，尝罢几次离合聚散，当是足矣。我亦有不舍，到底不能随了心性，怕辜负人世太多生灵，怎敢用情至深。莫若像草木山石一样，历经千年繁华，终是沉静洒脱，自然有情。

　　后来，我在镜中看着自己慢慢老去，唯江南，依旧倾城国色，风华绝世。我把走过的风景、发生的故事、品过的世味，记于书卷，留给有缘的你。若你心累，只来书中歇息片刻，愿简约的文字，如雨后清风，拂去心间的愁烦，回归初时的宁静。

　　倘若有一天，我远离浮世，去往深山空谷，择水而居，竹篱木屋，便再也不回来了。那时，你亦不必寻我，只将我遗忘，从昨天的记忆里删除，不留痕迹。从此，没有相遇，亦不再重逢。

　　　　穿过烟雨
　　　　乌衣巷的那扇木门
　　　　还是从前的模样
　　　　湿润的青石板路
　　　　不记得谁曾来过
　　　　谁又走了
　　　　只在流淌的光阴里
　　　　将经年如水的故事
　　　　从有过到无

　　　　木楼上
　　　　有人倚着栏杆

看一只南飞的燕子

行遍万里层云

又回到古旧的屋檐

栖息在简朴的巢穴

跟老去的主人

诉说当年衔泥筑梦的往事

谁家的墙院

爬满了清凉的绿藤

带着对凡尘的依恋和不舍

缓慢地经历人世的荣枯

青砖黛瓦的缝隙里

长满了苔藓的记忆

在多雨的南国

静守一段苍绿的岁月

这样别无所求

流水门前

清瘦的影子从雨巷走出

顾盼的风姿

眉间的愁怨

带着茉莉的芬芳

遗落在谁的风景里

远处的戏台

失去了主角

已是沧桑姿态

曾经粉墨登场的青衣

褪去了华丽的妆颜

再不去扮演别人的悲欢

如今只是寻常模样

在烟火人间

过着寂寞亦平淡的流年

翠绿的江南

从来不肯有丝毫的老去

我亦擦去昨日风尘

守着深深庭院

汲水插梅

盛露煮茶

看时光清浅

来来去去

流云不语

聚聚离离

目录

CONTENTS

人世间有一种清光

卷一：

秋日清光

卷六··梅花风骨

人世间有一种清光

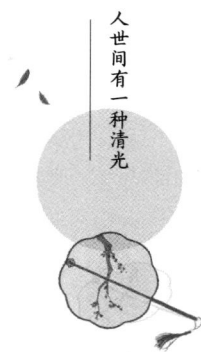

秋日清光

人世间有一种清光

人生所历，无非是爱憎别离，风霜苦楚，又有何惧？

倘若每个人内心都留一点清光，温润了自己，也明亮了别人。

你看，窗外的秋光，疏疏密密，都是净，都是禅。

瓦屋小院，流水炊烟，皆是时间的妙意，人世的悠远。

草木皆禅

禅是什么？是僧客烹火煮茶，是樵夫云崖伐薪，是凡妇林泉浣纱，是老翁江雪独钓，是黄童放牧白云。是时光里的一朝一夕，是凡世中的一草一木，是山河间的一水一尘。

总有人说，为何你的字句省去纷繁的故事、冷暖的人情，唯留简洁的草木、素雅的山水。其实，万物众生皆可生情，荣枯生死皆有定数。世事原本朴素干净，皆因人心飘忽多变，而有了争执和烦恼。

每个人生下来，皆携带一本因果簿子。你此生所做之事，无论善恶，记录其间，留待有一天离尘而去，亦伴随左右。前世的因，为今生的果，今世的因，亦为来生的果。看似寻常的人生，却隐藏了许多禅机。

"人问：一心修道，过去业障，得消灭否？师曰：不见性人，未得消灭，若见性人，如日照霜雪。又见性人，犹如积草等须弥山，只用一星之火；业障如草，智慧似火。"红尘处处皆道场，岁月若菩提，用一世的光阴修行，则明心见性，慈悲喜乐。

古往今来，修佛悟道之人，皆融于山水自然。看似远离尘世，不染人间烟火，却入了情境，万物生灵。到后来，一言一行，一茶一饭，皆见禅理。

唐人王维的诗，清新空灵，参透禅意。"人闲桂花落，夜静春山空"，"明月松间照，清泉石上流"，"行至水穷处，坐看云起时"，于他的诗中，一切草木寂静无为，蕴藏禅机。他抛散浮名，归隐南山，无论入世还是出世，皆存禅心。

草木有灵，通了佛性，便行走于人间，生出爱怨情恨之事。或许每个人的前生都是一种植物，或浓郁，或简淡；或尊贵，或低微；或典雅，或平庸。今世投生富贵侯门还是百姓人家，荣华还是清苦，皆看造化。

我则有幸，落于江南烟水村落，药草寒门。小小年岁，长伴草木山石，养了慈悲性情。赏花于黛瓦庭院，听雨在寂寞楼台，踏月于荷塘小径。白日随了父亲上山伐薪采药，夜暮陪伴母亲窗下挑灯绣花。庭前一树白梨花，开开落落，似那寻常光年，清静温柔。

父亲济世救人，不论贫富贵贱、官绅百姓、路程远近，皆一视同仁。母亲菩萨心肠，对过路乞儿、孤寡老者、穷病之家，皆尽其所能给予施舍。自幼受双亲教导，心存善念，悲悯众生，种下善因。

存草木心性，含山水情怀，我们就是在细碎的生活中、点滴的光阴里，不经意地修禅。一个人，从最好的年华，走到白发苍颜，看着自己日日缓慢地老去，需要多少勇气和决心。虽说沧海不过一瞬，但回首的刹那，谁可以真正地波澜不惊。

我是简单的，每日煮茶听琴，焚香读经，栽花修草。已然忘记过往也曾风雨飘摇，为了生存，如蝼蚁那般卑微地活着。佛说，历千百劫难，方知得失随缘，平淡是真。我愿做滔滔浊世里的清波，心性明澈，安静无声。

许多时候，一个人，就那么静坐着。往事如画，映入眼帘，一幕幕情景，仿若在不远的昨天。最怕流年匆匆，多少良辰美景，到底被自己虚度。剩下一些回忆，在微风细雨的日子，独自寂寥地怀想。

"青青翠竹尽是法身，郁郁黄花无非般若。"草木参禅，亦知世间情意，虽荣枯不由主，爱憎却由心。人亦如此，年华易逝，聚散有定，唯有心，在风尘中愈发洁净。

窗外细雨微风，秋味深浓，草木皆有凋零之意，唯几盆阔别已久的淡菊，悄然绽放。素瓣凝香，孤标傲世，有种阅历沧桑的淡远风骨。当年那位修篱种菊的诗人，仿佛依旧隐于南山，只是云深雾浓，觅不见其踪影。

天地大美，万物通灵。古往今来，多少王侯将相、文人墨客皆放弃功名，隐逸山林，归去田园，溪云做伴，鸟雀为朋。几番红尘游历，遍尝冷暖离合，方知岁月荏苒，平淡是真。

心中所愿，有生之年于山水灵逸之地，修筑落梅山庄。那时间，漫山的梅花，竞相绽放，不求闻达，不问世情。而我每日，只需坐于庭院，闲事花草，烹煮清茗，漫抚弦琴，倦读经书。匆匆百年，转瞬而过，纵是秋水苍颜，竟也无了怨悔。

活到一定境界的人，早已无谓得失，更无惧流言。人世百年，稍纵即逝，待你功贵于身之时，却发觉青春被光阴已经抛得太远。草木枯萎凋零，尚有春暖花开可期，而人之年华老去，再无重来之日。那时间，便知名利荣华，只是云烟过眼。

人生在世，终究有责任和使命，太过闲逸的生活，未免有些意兴阑珊。把生命中所遇到的一切，只作是修行的必经之路，起落沉浮，亦属寻常的人事。待风烟俱净，戏剧落幕，那些扮演过各种角色的人，谁还能一尘不染？

眺望山河，一如当年，端雅温柔，壮阔无际。季节更迭，荣枯有序，那样庄严真实，无须说盟说誓，万千姿态，终是悠远清明。

世间忧患和烦恼，多于喜乐。看到镜中新生几根醒目的白发，不免心生惶恐，那清澈明净的容颜，竟一去不复返。所能做的，只是让心永远洁净如水，不受惊扰。既是争不过时光，莫若委身成尘，斜阳阡陌，依旧有值得期待的风景。

走过了半世，我终简净朴素，依旧清淡安宁，像不曾有故事发生。窗台的草木，亦是如此，经历春秋冬夏，始终清新翠绿。我静坐庭院花下，焚一炉香，听一首古曲，平静清好。

有时候，无须长跪佛前，无须诵经参拜，静坐冥思，亦是禅定。草木更具灵性慧根，寄身红尘，不问悲喜，不嗔不怒，洁身自好。世间万物，无所不好，纵然有一些美丽的错过、幸福的缺失，也终从容。

时光湛湛，它喧嚣时纷呈飞扬，安静时若秋水长天。人生若清风白云，看似闲逸自在，转瞬却无了踪影。

　　日长人静，小巷轻烟，多少往来人事，就这么匆匆过去了，湮没在山回溪转的尘世中。不见了，不见了……

何事秋风悲画扇

"人生若只如初见，何事秋风悲画扇。"纳兰公子有情，短暂的生命，不缺佳人做伴，亦生出如此哀叹。

人世情感千丝万缕，初见时美好，转而生出嫌隙，有了猜疑，后来再不是初时的滋味。或情缘冷落，或转身决绝，恰如秋风起，那把夏日喜爱的扇子，被搁置于角落，无人问津。

词还是当年的词，内心却有了另一种境界。那时年少，怎知情爱深浅，亦不问对错。始信两情久长，不必暮暮朝朝，自可地老天荒。不曾想，山河变迁，人情易改，一切都不是梦中的想象。

大唐盛景，宋朝当年，几多风流雅士、绝代佳人，诗酒唱和，后来也只是相离相弃。世间多少相遇，宛若花开，瞬间惊心，让人欢喜。转过几度流年，经历几段世事，就慢慢枯萎了。

元朝王实甫《西厢记》里的长亭送别，有句："碧云天，黄花地，西风紧，北雁南飞。晓来谁染霜林醉？总是离人泪。"每次读完，心中总是一阵无由的悲哀，仿佛我是那陌上赏花人，与他们同喜共悲。

其实，这只是曲文里的一出折子戏。剧中的女子，粉黛犹残，愁怨像是清秋的西风黄叶，一时间，无有归处，不知何期。秋风过处，霜林凋晚，乱红飞坠，江流无尽。送罢长亭过短亭，多少心意郁积如雪，清冷难说。

到了这年岁，心思亦如秋天。红尘俗事万千，只守着一窗竹影，温一炉茶汤，即可静下来。许多聚散无常，或不如意处，亦不敢多生烦恼。也曾看过春花春柳，于日色风影下，来往恣意，毫无保留。

今时游园赏花，看戏听曲，也没有当初的惊喜。与人相交，多一分清醒从容，与物相知，多几许简约洒脱。万物的境界，是修身克己，尽其所能，取其所需。一切无关的繁枝茂叶，皆可修剪；所有无尽的纷纭世事，亦可删除。

情缘亦当如此，若当年花枝不再，恩爱消散，又何必为求一份心安理得，而委屈迁就。姻缘前定，男女相悦，始于真心。纵算曾经患难相随，也未必可以执手天长。某一个时间，某一段路程，不经意转身，或就是永远的擦肩。

最美的爱情，应当是清洁美好的，不染纤尘。相爱相知时，每一日皆是良辰佳景，草木山石亦见喜色。漫长的岁月里，不知忧患凄凉，寻常光阴，亦觉温暖贵重。之后，情到薄处，心生悔意，远去的背影，不可挽留。

班婕妤貌美端正，善诗赋，熟音律，有美德。深得汉成帝宠爱，与之朝夕相对，如影同行。自赵飞燕姐妹入宫后，班婕妤备受冷落。她自知恩情不在，甘愿退居深宫，焚香礼拜，弄筝调笔。

她在《团扇歌》中自比秋扇，感叹道："常恐秋节至，凉飙夺炎热。弃捐箧笥中，恩情中道绝。"于汉成帝而言，班婕妤便是那柄秋扇，被遗弃在深宫冷院，今生再不过问。又或是一盏他饮尽的茶汤，如何烹煮，亦无有滋味。

唐明皇和杨贵妃也曾那么恩爱，在长生殿许下生死不相离的誓言，后终未躲过一别。她一支《霓裳羽衣舞》，让帝王为之魂牵梦萦。她的到来，令后宫三千佳丽失色，而当年深得明皇宠爱的梅妃，亦只能守着她的梅林，与梅花相伴。

若非安史之乱，唐明皇此生当不负杨玉环。那时的他，宁可不要江山，亦要护她周全。但天下大乱，局势所迫，曾经那位吩咐河山、调遣风云的霸主，连一名自己心爱的女子都不能拯救。

"含情凝睇谢君王，一别音容两渺茫。"待他归来，过往相情相悦的宫殿，四下萧索，秋草萋萋。落叶铺满石阶，久不见人打扫，宫女容颜消减，而他两鬓如雪。旧日盛世长安，笼着一层薄雾，恍惚中，再难寻佳人倩影。

张幼仪曾说："我是秋天的一把扇子，只用来驱赶吸血的蚊子。当蚊子咬伤月亮的时候，主人将扇子撕碎了。"那时的她，早已走出以往那个狭隘的深巷，有了一番自己的境界。虽如此，但终有怨。

徐志摩对张幼仪薄情，是因为他对另一人深情。她安静婉顺，贤淑端雅，却成不了他的知己。他是读书君子，文人意气，况才华惊世，于情感怎肯将就。

不曾深爱，谈何辜负。不曾相知，何以相守。徐志摩对张幼仪的背弃，虽有过错，却有情可原。他愿意忠于真心，把他喜爱的女子，写进诗中，与之耳鬓厮磨。她是那柄秋天的扇子，他从未甘愿，做那执扇的人。

民国才女张爱玲曾说："见了他，她变得很低很低，低到尘埃里，但她心里是欢喜的，从尘埃里开出花来。"

胡兰成曾许她：岁月静好，现世安稳。她的世界，除了文字，便是这个男子。而他，则是不尽的艳情雅事，乃至于逃亡路上，亦不缺红颜知己。

胡兰成说张爱玲是民国世界的临水照花人，而世间唯有张爱玲。他钦慕她的才情，爱惜她的心意，但做不到对之唯一。他愿花开数枝，每一朵皆有其风姿，又都不重复。

张爱玲是盛放的海棠，而小周是洁白的茉莉，范秀美则是江南深院里的梅。及至后来他在日本遇见的一枝，以及最后和他生死相守、终老岁月的佘爱珍。人间竟有这样的男子，与诸多女子相爱相亲，又可做到转身洒然，毫不愧疚。

时过境迁，张爱玲给胡兰成寄去一封信，信上说："我已经不喜欢你了。你是早已不喜欢我了的……你不要来寻我，即或写信来，我亦是不看的了。"

骄傲如她，可为一人低落尘埃，枯萎凋零，亦可割情断爱，与之决绝。那时的胡兰成，于张爱玲则是一把秋扇，再无眷恋。他不过是无意闯入她的流年，离去之后，什么扰乱都没有。

张爱玲重新躲进自己的公寓，伏案书写，文字倾城。午后的时光，泡一壶红茶，吃清甜的点心，看楼下红尘喧沸，内心沉静如水。

其实，她们的故事，与我何干，我生在这样的风景里，有着当下的平稳，已是知足。又或者说，我又何尝不是一柄秋天的扇子，被光阴搁浅在清冷的角落，安分守时，不争朝夕。

这世间，被搁置的又何止是秋扇，有怀才不遇的君子，有错失良缘的美人，还有那些曾经璀璨如雨、门庭若市的旧宅深院，以及风靡了整个唐宋的古诗新词。但总有一些纯净的事物，存留于历史深处，悠久不坠，风姿不减。

春阳下的梅枝，雨露间的兰草，风雪中的驿站，暗夜里的灯火。山高水远，人间许多物象、无限风景，皆美好若禅。所谓聚散依依，因聚而有散，由爱故生怨，有圆则有缺。

妾身如秋扇的班婕妤，拥有过汉成帝的千恩万宠。自缢于马嵬坡的杨玉环，和唐明皇有过愿做比翼鸟、连理枝的誓约。多少情爱，周而复始，在不同的朝代，演绎着离合悲喜。恰如十二月花名，年年岁岁，风雨不歇，不落不谢。

浩浩秋色直逼窗前，繁茂的树枝结了许多不知名的黄花，触手可及。此刻，我不关心历史，亦不理睬世事，只在意瓶中花安在，杯中茶可温。或是闲坐下来，看看这场不肯停歇的雨，是否要倾倒山河，溢满江南。

喜秋日庭院，轩朗明净，水木清华，天光云影任意徘徊。几片落叶，一点苔痕，皆为人世的风景。一盏清茶，几两薄酒，只是寻常的光阴。

素日幽居小院，独坐楼台，可观山河路远，看日月星辰。品茗读卷，怀古人之忧思。唯盼穿越了朝代，落在某一个诗意古朴的空间，与一情趣相投之人，抒写长调，共倚斜阳。

梦幻庭园，雕栏曲榭，自是觥筹交错，不尽风雅。柴门茅舍，竹篱小巷，更有一种清光，明净了岁华。古来多少文人雅士，放弃仕途功名，愿隐居林泉，玉壶买春，赏雨茅屋，行至水穷，坐看云起。

《浮生六记》中，芸娘曾有一愿："他年当与君卜筑于此，买绕屋菜园十亩，课仆妪植瓜蔬，以供薪水。君画我绣，以为诗酒之需。布衣菜饭，可乐终身，不必作远游计也。"

芸娘灵慧妙心，淡泊无争，令世间万千女子逊色，亦胜过许多须眉男儿。她虽心思简净，无谓富贵荣华，甘于布衣菜饭，却不知，世间情爱亦不可过于浓烈，她错在与沈复伉俪情深，故而不得久长。

沈复曾感慨道："奉劝世间夫妇，固不可彼此相仇，亦不可过于情笃。语云：'恩爱夫妻不到头。'如余者，可作前车之鉴也。"

芸娘冰雪之心，万物与之相亲，为之所用。她与沈复插的花，能备风晴雨露之天然意态，可谓精妙入神。她静室焚香，闲逸中得雅趣。她烹煮最好的荷月夏，天泉水泡之，香韵尤绝。她典当珠钗，为换酒菜，她劳心为夫纳妾，惹来无端的尘缘，遭致旧疾复发。

若说芸娘有何不妥，那便是对沈复太过情深。沈复只是江南姑苏一位无名的文人，有幸生于太平盛世、仕宦之家，又居风流繁华之地。他一生功名无寄，只做了一些年的幕僚，后赋闲于家，摆了画铺，挣点碎银。

恰因了芸娘，沈复的人生方不至于寥落无趣。他沽酒填词，观山戏水，放纵不羁，乃至交友狎妓，芸娘待其一往而深，从无怨尤。

　　芸娘虽有传统女子的贤惠端庄，却伴他诗酒戏乐，与之栽花修篱。他们共游太湖，野外沽酒，也西窗夜话，竹榻缠绵。然这样美好的女子，却失欢于公婆，几度受逐于家庭，漂泊他乡，寄居檐下。

　　虽困窘落魄，颠沛流离，后血疾发作，香消玉殒，临别之际，仍盼来世，再续情缘。她之薄命，皆因其为多情所累。若她做一个纯粹的旧式女子，一心侍奉公婆，相夫教子，不伺花候草，不费心弄巧，或许命运会另有安排。

　　世人羡他们神仙烟火，相知相惜，竟不知，情爱亦当如秋光这般清淡，可聚可散，若无若有。她的静美，似一缕清凉的秋风，温柔了光阴。奈何情深缱绻，郁结于心，徘徊不去，而有了今生的种种遭遇。

　　《红楼梦》里的林黛玉，亦是一位冰雪聪明、世间无双的女子。她姿容绝代，文采风流。因前世为西方灵河岸上三生石畔的绛珠仙草，受到赤霞宫神瑛侍者天天以甘露灌溉。虽脱草木之胎，幻化人形，然尚未酬报灌溉之德，故郁结着一段缠绵不尽之意。

　　她本姑苏女子，书香门第。贾母怜她幼小无人照看，便将其接至自己身边。这金陵贾府，乃"昌明隆盛之邦、诗礼簪缨之族、花柳繁华地、富贵温柔乡"。也是在此地，林黛玉遇见贾宝玉，为还一段宿债，以深情报之。

以林黛玉的聪慧，怎会不解人情世态，她看淡一切与情爱相关的人事。又或者说，与宝玉无关之人、无关之事，她皆不在意。她甚至喜散不喜聚，她的潇湘馆，除了满院的翠竹，诗书瑶琴，几乎一无所爱。

她读《西厢记》，心痛神痴，泪流不止。她葬花吟词，叹："侬今葬花人笑痴，他年葬侬知是谁？"她焚稿于病榻，最终魂归离恨天，皆因她对宝玉的一段情痴。

若无这段痴念，林黛玉的内心一直有一剪清光，明亮了这纷繁的人世。她吟咏"孤标傲世偕谁隐？一样花开为底迟？"将菊花问到无言以对。她本清淡之人，不惊于世，不争于景，却为情误了终生。

相比之下，"任是无情也动人"的薛宝钗，更庄重平稳，世故通明。她虽生于富庶之家，却不喜奢华，穿戴朴素，饮居一应从简。她"安分随时，自云守拙"，服冷香丸，纵别离亦能自安。

她咏白海棠有句："淡极始知花更艳，愁多焉得玉无痕？"故后来贾府的败落，宝玉的出家，于她似乎都是预料之中的事。所谓"水满则溢，月盈则亏"，莫过如此。"白玉为堂金作马"的贾府，"珍珠如土金如铁"的薛家，不也是大厦倾倒，化作尘埃。

心中无执念，对爱怨得失，自可从容以待。她走过的天地，似落满了一片茫茫白雪，真是干净。她的境界是："香可冷得，天下一切无不可冷者。"她非无情之人，却不能以深情行走世间。

王熙凤说她"不干己事不开口，一问摇头三不知"，却不知，薛宝钗外冷心热，于弱者，她皆费心照料。她出钱为史湘云设东摆螃蟹宴，以解湘云困窘；她怜惜香菱坎坷遭遇，对其关爱备至；她暗中帮助家境贫寒的邢岫烟；她对黛玉更是多番教导，与之惺惺相惜。

宝钗的淡雅知性、博学通达，正是大观园里最洁净的风景。她所到之处，皆有一种清光，让人心底明澈。然而也是她第一个搬离大观园，以她的厚重，亦当提前洞悉先机。

她的柳絮词《临江仙》有句："万缕千丝终不改，任他随聚随分。"柳絮本为轻薄离落、无根无绊之物，于她笔下，却有了超脱，不落俗流。她未能如愿，直上青云，而是嫁与宝玉，守得残余的富贵，静对清冷的光阴。

宝钗活得真实且清醒，她不愁亦无惧。纵是在落叶凋零的大观园，哪怕群芳散尽，她仍是那株雨后牡丹，姿态端重，不失涵养。富贵是否久长，有何在意？宝玉爱不爱她，有何打紧？

她不是一个依靠幻梦生存的女子，她的坚韧，可以在任何一个朝代、任何一种境遇中活得稳妥安然。有一天，成了一枝寂历的黄花，也可以修饰一院秋景。

自古以来，有多少绝代佳人、风流雅士，似秋日清光，聚散从容，不染纤尘。他们是悠然尘世的一剪闲云，是烂漫星空的一樽明月，是往来人间的一株草木。

崇尚自然的庄子，不肯入仕的竹林七贤，辞官归来的陶渊明，梅妻鹤子的林和靖；风雅西泠的苏小小，倾动宋朝的李清照，天女维摩王朝云，秦淮名妓柳如是，以及世间许多隐于烟火深巷的才子佳人：他们或许一生寂寂无闻，不被人知，却自有岁月的清光，照彻了天地山河。

一切所得，皆因所失，而一切所失，必有所得。人生所历，无非是爱憎别离，风霜苦楚，又有何惧？倘若每个人内心都留一点清光，温润了自己，也明亮了别人。

你看，窗外的秋光，疏疏密密，都是净，都是禅。瓦屋小院，流水炊烟，皆是时间的妙意，人世的悠远。

秋雨之思

　　醒来有雨，凉意惊心。窗外繁盛的草木在大雨中更见风致，浓淡相宜，时隐时现。万物的洁净一如人世清华，无论曾历多少沧桑，只在一个瞬间，便可静下来。这亦是光阴的妙乐之处，人生处处，可见菩提。

　　初秋的雨，虽清泠，却不见闲愁。往后的日子，草木渐萧，山河急景，便愈生荒凉。生命周而复始，流转一种姿态，但年年岁岁，人事到底不同。诗者读卷，词人伤远，但皆是睹物忧思，对景难排。

　　近日，打理屋舍，以往甚觉美好之物，今时颇感纷乱。几番挑拣，后终一一离弃，毫无眷恋。桌案上唯留几件旧式物品，如此不会太过空落。想来，这些年费了多少筹谋、几多心神，从收集的美物中得些真趣，聊慰寂寞。当下，万般多余，只求清简。

其实，人生有一枝所栖，陈酒一杯，香茗一盏，便是好的安排。若当时不曾多情，亦不至于令它们徘徊无主。故而不喜之物，不尽之缘，切莫轻易触染。有时，远观多生敬畏，相守则难久长。

江南的雨，总有一种如梦初觉之感。纵是骤雨急风，亦不失含蓄婉约。江南的雨，多是缠绵细腻，时常不知疲倦地下落一整日，无休无止。打在旧色的廊檐下、古老的青石板上，有着诗一般的平仄韵律，妙不可言。

人在深深庭院里，闭门谢客，慢煮闲茶，掩帘听雨。万物有了更多的隐蔽，烟雾氤氲，似落水墨画中，倍觉心安。我在江南，因有雨，而灵性不减，清洁无邪。所有心事，写进书里，似梅开雪中，没有保留。

岁月何其锐利，将纷繁世事，慢慢消减。那些百转千回的从前，竟已不值一顾。远去的年华，失散的故人，在这一刻，亦不觉可惜。但当年的事迹，行途的风景，件件皆真。若有遗憾，我已释怀，若有伤害，我都宽容。

我本多情重诺之人，但超脱起来，凡事可抛。以往，对故乡的柴门溪山、人情物意，不多留恋，洒然转身。而今奔走世间，看罢红尘千万，独处时，竟对旧时故景无限神往。

　　我不似父亲，一生经营他的药草，济世救人，安分守拙；亦不同于母亲，此生勤于她的厅堂，煮饭烧茶，听从宿命。他们也许没有大的功德，但求行走天地，无愧于心。况自古民间节俭是美德，淡泊是高风。

　　不知何时开始，头上的白发与日俱增，往年心生悲伤，这时只道寻常。中秋节近，时光频频追赶，多少感触，竟是无以言表。窗外刚刚谢幕的花事，恰如我匆匆走过的妙年。

　　父亲离世已有几载，每逢雨日，心中多有忧念。于父亲，我终究有太多的抱歉和愧疚，可叹的是，今生再无悔改弥补之时。他半世辛劳，半世病痛，所有灾劫与悲苦，我都不曾参与。哪怕是一件冬衣的温暖，一杯茶水的情意，都吝啬相待。

　　此时的父亲，静静躺在故里的山林，远避尘嚣，沉寂无声。所伴他的，是青青翠竹，郁郁黄花；是茫茫云天，澄澄江月。生前他沉默寡言，不喜交友，想必下雨的日子，他更加孤独凄清。

　　与父亲相关的物事，被尘世淡忘。曾经他救治过的病人、研习过的药草、捧读过的古卷，无一将之记起。他虽平凡，年轻时也是背着药箱访村寻户的郎中，披星戴月，风雪不惧。他虽庸常，无有大志，也是放牧白云的耕夫，一肩斜阳，一襟风骨。

有时想着父亲无数个夜晚问诊归来，以及打柴返家时疲倦的模样，总忍不住黯然神伤。虽时过境迁，而那时的我尚且年幼，但仍忘不了幽淡灯火下的背影。后来，他放下所有的行囊，飘然而去，那一刻，他解脱悲喜，无所依恋。

百姓人家，冷暖交织，但日子终是清朗平淡。那时的父母，心思干净，安于村庄小院，种茶植莲。繁忙耕织，亦是闲静，外面的世界，纵是动起刀兵，也是无碍。

母亲乃灵慧之人，处事待人，不偏不倚，稳妥安定。这些年，无论顺境或逆境，她都从容走过，不留繁难。但她又是那样愁，忧心父亲多病之身，忧心我天涯孤单之路。于生活，她慷慨亮洁，于亲情，她千丝万缕。

母亲曾说，她这一生，不要富贵，也承受不起富贵。她甘心做一名凡妇，相夫教子，喜乐平安。当年她任我放逐江南，是为了，这仅有的一次人生不被蹉跎辜负。

而我，一个人，行走在日月山川，时常寻不到隐身之所。寄身檐下，受世态浇漓、尘浪泼溅，到后来，终安然无恙。其间，所有的辛酸苦楚，我都遮掩隐瞒。只因，当初执意的选择，让人不可以有退路。

若非父母的宽容明慧，我亦不能在江南，读唐诗宋词，品佳酿清茗。更不能守着梅庄，喝茶写字，不再畏惧风雨世乱。也有冷暖阴晴，清苦荣华，但我不重虚名，不喜功利。数载飘零，几番得失，仍自是纯净的一个人。

父亲走后，母亲愈发孤独，时常独自叹息落泪。父亲生前，他们虽不算琴瑟和鸣，却也相敬如宾。数十载的陪伴，早已习惯了朝夕相见的生活。母亲性情疏朗大气，父亲则寡言沉郁，素日无多交集，但终是性命相知的夫妻。母亲说，只要他在，便是安心的。

如今，漫漫尘路，她一人，一灯，一榻。每次归家，见母亲静坐在人世寂寞的一隅，病愁缠身，心中好不难受。她鬓际被微风吹拂的白发，恰如我与她渐远渐薄的亲情。我深知，与她相处的光阴所剩无几，却不知该有何种方式来弥补这么多年的缺憾。

曾经，母亲无数次倚着门窗，怅望天涯流转的我。而我，竟无一次为之停留。既不能承欢膝下，又何必频频回首。她希望我像堂前的燕子，栖于旧巢，美好安定。我固执地飞去远方，摇荡于花间，休憩于别人的屋檐，躲在她看不见的角落，不忍惊动她的平静。

有时候，我与母亲交言，都是说喜藏忧，故作洒脱。过往的一些事，我亦是一桩桩轻描淡写地说与她听。内心几番憔悴凋零，却不肯留一丝感慨哀怨之色。她听罢自是悲欣交集，聪慧如她，怎会不知我一人十年耕耘的酸楚与难处。

其实，人生仓促，纵有功名富贵，两情相守，也只是匆匆草草。当初我耗费心力想要寻找的生活，已然遂愿。但眼前的风景，再无新意，甚至惘然若失。不如将士解甲归田，万物返璞归真，让人踏实满足。

母亲的心思，不必猜疑，我懂。她怕我一生与诗书做伴，亏待了自己，老时无依。她怎知，人世多少风光、曼妙情缘，恰如朝露，短促难长。因为清醒，故而悲凉。虽说把一生的聚散无常都参透，当下的烦恼依旧未能幸免。

庭院里一株茉莉，用古旧的紫陶养着，开了又谢，谢了又开。花朵洁白胜雪，但枝叶一年不及一年葱郁，清雅中隐藏着一种病态。对着这株苍老的茉莉，犹如看见了远在故里的母亲。

年轻时的她，着一袭白衫，穿行在堂前厨下，轻盈如风。或一人去菜园，打理她的果蔬；或邀约几名村妇，去往别的村落看一场社戏；或坐于灯下，织补旧衣。她容颜姣好，虽落民间，与草木做伴，却自有一段婉静风流。

我想着，这一世，她必定是要隔绝伤害。岁月何其认真，怎会轻易纵容谁，又或恩宠于谁。母亲的病，似窗外的疾雨，而她亦在一夜之间，慌忙老去。之后，她的心中便有了那么多的怨，难以消解。

飞花若雨，像一场散去的盛宴，人间有情亦有恨。母亲也曾走过早春的阡陌，琼琼姿影丽于天地山河。这时晚秋斜阳，与之诸般相宜，亦是风景。

以往的她，坚韧好强，慢慢地，她变得脆弱柔软。转而成了一株室内的幽兰，惧怕阳光，适合静养。许多事，已然过去，不可删改重来。她并非一个有执念的人，纵有忧思，也不会沉落。

虽知她的日子，难免清寂，但仍然希望她可达观不愁。更愿她余生无灾无病，吉祥安稳。如此，我亦不再有挂碍，不必坐断黄昏，心思难安，倾动浮生。

温柔有一种力量，可以让素不相识的人成为知己，让走失迷途的人回头是岸，让徘徊犹豫的人学会放下。

秋雨绵密，寂静中颇有风致。树上的枝叶，檐下的鸟雀，稀疏的行人，以及窗下氤氲的茶烟，那般生动真实，只觉万物都有情义。我只是闾巷的一名凡妇，因天地澄净，人世有信，而不再渺茫漂失。

人
间
的
我

喜王维的诗："空山新雨后，天气晚来秋。明月松间照，清泉石上流。"一场新雨过后，秋山如洗，草木清润。月照松间，泉流石上，浣女隐于竹林，渔舟被莲叶遮掩。如此清秋佳景，自是令王孙公子流连缱绻，忘怀世事。

王维诗中有景，有画，有禅，读之身世两忘，万念皆寂。他一生几度隐居，坐禅学佛，看空名利，在山水中解脱烦恼。山林的恬静淡泊，胜过了朝堂的喧闹纷纭。茅檐竹斋的清雅简朴，抵过高宅大院的深邃华丽。

自古多少文人，落于境界里，梦魂萦绕，不能自拔。他的心，则是那一座秋山，清冷幽静，远离尘世，草木间处处皆是禅机。

我亦如是，时常为一片流云停留，为几竿修竹沉思，为一弯新月回首。披星戴月，餐风饮露，我便是晚归的浣女；铺纸研墨，描山绘水，我则是书卷里的佳人。

看山水，未必能得妙诗佳词；读佛经，也未必可参悟禅理——却可以赋予你无限的风情雅意，亦能让你在瞬间静下来，只听得见内心的声音。

一切自然风物，所有的美景良辰，都是对人世的一番情意。这世间的人，不仅有前世之缘，更有今生之约。造物待人早有安排，于这尘世，亦是各有使命。

我们都是光阴里飘荡的尘埃，被忽略，也被尊重，费力才能活成自己想要的模样。你想要名利富贵，然仕途之路荆棘丛生，何以平顺坦荡；你甘愿退隐山林，却因过于孤高自赏，为世所不容。

有时想着，我的祖先是做什么的？我一无所知。追溯到遥远时代，或也有达官显贵，或也有文人雅士，然则一切只是虚无。纵有荣华厚禄，亦恰如镜花水月，随着历史化作烟尘。

我出生在南方一个偏僻的小小村落，虽说是才子之乡、人文秀地——住过唐宋八大家之一的曾巩，有过宋朝宰相王安石，还有明代"临川四梦"的汤显祖——但这些，皆与我无关。我的祖辈，该是寒门小户，草根凡夫，世代与白云做伴，泥土为邻。

　　而今时的我，可以弹奏一把汉木古琴，临摹几幅王羲之的字，赏晋时陶潜喜爱的菊，读唐代的诗，写宋朝的词，焚一炉清朝的香，用民国的碗盏喝一壶明前的西湖龙井，该是怎样幸运，又是何等赏心乐事。

　　我生来便喜诗书文章，更爱自然山水。观斜风细雨，内心有一种绵密无尽的感思；赏日暮烟霞，便有门前是天涯的怅惘。幼时采莲、捞萍、摘桂、伐竹，不觉是劳作，而是诗意的惊喜。

　　山间的野梅、幽谷的兰草，亦知我的心意，与我相望相惜。后来，才知晓书卷里所写的风光，皆在寻常日子里可见。一如当下，秋风之声即在窗外。而灵隐寺的桂花，转山转水，飘到了我的书斋。

　　以往，我在如花之龄于陋室也能安住下来，不知生苦，不觉死悲，更况这时。只想着，万物与我同在，门前花落，雨后新阳，一切都是情义。也曾对景伤离，抚琴起悲，煮茶候人，后来这些忧念都交还给了岁月。

　　多少才情不凡之人，生出不合时宜之感叹。竟不知，天地万物各有短长，无论是夏花的绚烂，或是秋叶的静美，都是一种情致。置朝堂坐拥尊荣，处山林安享清趣。修行之人，凡城闹市也是幽静深山，红尘道场亦见菩提花开。

幼时母亲教我端正，吃饭不可出声，喝茶须有情调，写字要有风骨。但母亲凡事不拘，落落疏朗，不喜修剪，只是把日子过得好认真。她的心事，恰如菜园的果蔬，滋长繁盛，经得起风雨，也受得住骄阳。

母亲说，人生祸福无常，风云不可预测，故晴时思虑雨日，如此遇事方不窘迫。她素日勤俭，出入有序，进退有度，一生历劫遭灾，最后也都是安稳过去了。

她曾说，让我把她的一生写成书，却又觉得每日堂前厨下、柴米油盐过于乏味。其实，这些年的种种悲喜皆可省略，我只记得，她年轻的模样。一袭素净白衫，黑亮的发，泡大碗的茶，端坐在灯影下，等候晚归的父亲。

那时觉得母亲是我在书卷里见过的女子，在遥远的明清，又或在民国初年。也许她本就是一册书，清淡有情，怎禁得起浓墨重彩。记得我去外地读书，母亲为我打理行囊，安详的神态，就是一幅画。如若可以，我愿像从前那般立于她身侧，不再远游。

外婆亦教我简净，只道来往皆过客，于人于物，不必太过流连。

可外婆又分明爱她庭院栽种的茉莉，爱她妆奁里的珠玉，爱凡尘一切有情之物。她不懂诗文，不读佛经，却一生食斋，敬畏万千生灵。

世间又有多少人，可以清洁到，就连对美好的事物，亦不沾染。佛教人放下：放下怨恨，也放下情爱；放下烦恼，亦放下欢喜。世事太多喧沸，风光迷人，有几人如颜回那般品德高尚，做到"一箪食，一瓢饮，在陋巷，人不堪其忧，回也不改其乐"。

那时年少，怎知守着一方庭院、一墙烟柳，是此生最好的归宿。母亲怕我孤身天涯，好言相劝，我只顾吵闹着，背上行囊赶赴远方。我愿如庄子那般驰骋天地，逍遥尘外，不为名利，不为世拘。

一弯明月，虽可佐酒，几分才情，何以谋生？谁说煮字可以疗饥，那不过是落魄文人用以宽慰自己的话语。于寻常人而言，草木山石不过是用来衬景，打发流年寂寞。但于文人，满径落红扫起来便是诗料，一池月色亦成了词境。

陆游有词："镜湖元自属闲人，又何必官家赐与！"多少人为求封侯拜相，奔走于世俗，碌碌难脱。独他愿作江边渔父，披蓑戴笠，看两岸蒹葭、无边烟雨。天地苍茫，江湖浩瀚，这深不可测的人间，藏得了达官贵胄，亦可藏散淡闲人。

我本出自寻常百姓家，看过燕子往返，花谢花开，云聚云散。直至今天，内心所向往的，仍是东篱采菊的闲逸，窗下煮茗的清趣。若可，我愿舍下数年来所挣取的名利，只一心伺候故园的花草，别无所求。

非我淡泊不争，而是心事柔软，要不起太多的华丽。心中有一面明镜，可见一切芸芸众生，而我提前预知了结局，不免悲哀荒凉。

佛的世界，通透清朗，却不生怨悔，不落尘埃。一花一叶都在修行，一草一木总关禅意。而我们行走世间，尝尽人生百味，喜怒哀乐一样都不可免除。境界高的，走过沧海桑田，仍像没有故事一般。如佛，拈花一笑，片叶不沾。

后来，我将写字、读书、喝茶、养花，乃至洒扫庭院、擦拭尘灰，都当作是此生修行的功德。对过往种种的坎坷苦楚，早已释然，心中平静，毫无悲意。唯愿我这样一个女子，于人间洁净地走过，从锦时妙年，到白发苍颜，缓慢地老去。

案上炉烟袅袅，如梦如幻，人世间的故事，一幕幕，却这样真实，不容许你错过。夜幕来临，白日里的光和影渐渐消散。静的时候，可以看得清自己心里的模样，岁月给过的伤痕已然修复。若此刻的天空，只有一种颜色，让人断绝一切念想，又渴望时光可以重新来过。

　　行将步入中年的人，怎可被孤独清冷占据。愿我一生清澈，初心
不改，得到的且拥有，得不到的亦释怀。愿时光厚待，让我不惊不扰，
愿河山有情，众生如莲。

魏晋风度

　　总有人问起，若可以穿越时代，我心中所愿，是去哪里？去先秦的《诗经》年代，还是看一场魏晋遗风？观盛唐气象，还是仅仅做一个宋代小民？

　　《诗经》所吟咏的多是虫鱼鸟兽、草木山石。那个时代，春耕秋藏，朴素自然；天地清明，人世静好。

　　唐朝壮阔奔放、繁华慷慨，亦有几分潋滟温柔。那是因为唐朝有李白、王维、白居易这样的人物，有了唐诗万里风云的疏旷、风光明媚的瑰丽。

　　宋代的清华，一如梅开雪中，兰居幽谷，月下修竹，有一种澄澈，直抵内心。宋词的婉转清绝、典雅秀逸，亦是任何文辞所不能企及。时代给了他们风雅，使之含蓄端然，于历史长廊中百转千回。

而魏晋风度，则有一种宿命的力量，它玄妙、纵意、无为也深情。魏晋是一个局势动乱、政权更迭频繁的时代，亦是一个思想自由、不拘礼法的时代。

想来，魏晋时那种风流随性、不拘于物的放达之境，更令人神往。竹林饮宴，纵酒佯狂；兰亭聚会，曲水流觞；采菊东篱，悠然南山：皆是名士风流，高远之境。

魏晋风度是一种境界，这境界恰与时代息息相关。长期的战乱纷纭、生死离愁，让他们感知到生命的渺小可贵。岁月未知，时光恍惚，他们选择崇尚自然，超脱物外，率真放诞，风流自赏。

多少魏晋名士，纷纷远离朝政，不务世事。他们饮酒清谈，炼丹服药，纵情山水，放浪形骸。几多酣畅，几多佯狂，几多旷达，几多慷慨，亦只是一种逃避，一种解脱。

魏晋风度，是简约云淡，超然绝俗；是烟云水气，清洒不羁；是清静无为，淡然玄远。在世人眼中，魏晋人物是真名士自风流。

由"正始名士"何晏、王弼，到"竹林七贤"嵇康、阮籍等人，再至王谢风流、桃源陶令，无不是清俊通脱，有着放达潇洒之气度。飘逸仙姿，悠然之境，令人追慕，更为之神往。

何晏、王弼等倡导玄学，竞事清谈，遂开一时风气，为魏晋玄学的创始者之二。他们立论"天地万物皆以无为本"，何晏服食五石散，道："服五石散，非唯治病，亦觉神明开朗。"

之后的竹林七贤，越名教而任自然，聚集竹林喝酒纵欢，承袭清谈之风。嵇康修炼养性，服食内丹五石散，弹琴吟诗，怡然自乐。阮籍崇奉老庄之学，离经叛道。

山涛是竹林七贤里最为年长的，其风神气度，亦是恢达弘远，且至性简净，受人敬仰。王戎曾赞山涛："如璞玉浑金，人皆钦其宝，莫知名其器。"

刘伶嗜酒如命，时常坐着鹿车，携酒痛饮，只道醉死便埋。还曾发出"我以天地为栋宇，屋室为裈衣，诸君何为入我裈中？"的酒后豪言。

阮咸亦是放浪不羁之人，山涛认为他"贞索寡欲，深识清浊，万物不能移。若在官人之职必绝于时"，然晋武帝却以他耽酒浮虚，而不为所用。他时常与亲友知交弦歌酣饮。兴起时，不用酒杯，而用大盆盛酒，不亦乐乎。

竹林七贤，皆是不满司马朝廷的虚伪礼教，为避政治迫害，聚乐竹林，饮宴纵歌，不随流俗。他们郁结难舒，高才不展，但求于虚无缥缈之境，找寻寄托。借饮酒清谈，服药炼丹来消解内心的惆怅与苦闷。

他们的慷慨，有一种悲感，他们的风度，是一种散漫。他们崇尚老庄，清谈玄理，寄情杯盏，笑傲林泉。他们消极避世，无为不争，若闲云，似浮萍，不乐于生，亦不惧于死。

若无此情境，亦无千古绝响《广陵散》，也无《兰亭序》之盛况，更无陶渊明的桃源情结。他们空灵洒脱，淡泊忘我，不论成败，怎管兴亡。陶潜有诗："结庐在人境，而无车马喧。问君何能尔？心远地自偏。"

魏晋风度亦深情款款，若明月于竹林徘徊不尽，似秋水总是心意难说。陆机《文赋》有句："遵四时以叹逝，瞻万物而思纷。悲落叶于劲秋，喜柔条于芳春。心懔懔以怀霜，志渺渺而临云。"

"山阴路上桂花初，王谢风流满晋书。"两晋南北朝士族如林，唯王谢家族人才辈出，仕宦显达，从汉魏入两晋历南朝，一直繁盛不衰。

百代千秋，只有魏晋有此风度，他们超脱尘外，直抵本心。他们着宽袍大袖，扪虱而谈，他们抬棺痛饮，肆意无羁，他们狂放出格，至情至性。

竹林深处，觥筹交错，高谈阔论，纵情畅饮，醉生梦死，是魏晋风骨，也是一种人生态度。他们为政局所迫，隐逸山林，骨子深处，却仍存忧国之思。他们选择归隐，亦只是倦鸟归巢，乐天知命。不肯同流合污，唯愿清洁自好，于山水田园中寻求真我。

仕途乃迷途，山林是归宿。他们原本心系家国，奈何世道不济，才无所用，志不能抒，故而出世越礼。所清谈的，亦是老庄之言，意在玄远高洁之境。人生飘忽若尘，在有限的光阴里，但求松菊做伴，竹梅相随，有药可食，有酒盈杯，忽略名利，远离纷乱。

那年在杭州灵隐寺，见一小桥，深有魏晋之风。一种古意，几多境界，于隐隐青山下，更有些许悲感。若非生于那个朝代，又怎能切身感受到其间的困顿与无奈，更不能彻底超脱万物，放纵一回。

纵算穿越到了魏晋，也未必能够像他们那般通透洒逸，有醉死便埋的从容、宠辱不惊的淡泊、不拘于物的豁达。这牢不可破的尘网，束缚了太多不安现状的心，却无一人真正走向自然，归于山水。

"目送归鸿，手挥五弦，俯仰自得，游心太玄。"这风度，是魏晋名士的风度，是一个朝代的风度。他们大醉之后，醒来不忘的还是故园的风雨、秋山的落叶、未尽的弦音、竹林的清趣。

又或许，文人骨子里，本就有一种自傲轻狂。任何一个朝代，他们纵然为了名利，亦不肯俯首称臣。他们愿意为一盏茶低眉，为一竿竹谦卑，却不可失去风骨，丢了气节。魏晋风度，也是文人的风度，这风度，万古千秋，都不会消散。

魏晋人物，其实一直都在，从未远离。他们是窗外的云，散了还聚，很多年过去了，仍被人反复记起，追思景仰。而我们，只能在这一世人间，找寻一株草木赋予情感，因为害怕有一天走失迷途，无处藏身，终将遗忘。

卷二

故园风雨

人世间有一种清光

生者忧心，死者寂静。我与父亲，这一生的情缘，也就这么多了。

如若可以，愿再一次回到那座宁静的山村，轻轻送走白日的喧嚣，

一家人聚于厅堂，围炉夜话。梁间的燕子，也不舍歇息，

屋外的犬吠，慢慢地静下来。

父亲

一夜的雨，落叶满径，不知又有多少生灵孤独无依。人事流转，生命轮回，世间万物皆不可躲避，又何须感叹，来者自来，去者自去，强求是债，终要偿还。

父亲走后，每当风雨之夜，皆会对其心生牵挂。曾经的他，有着如山的背影，巍然坚毅，今时不过一抔尘土，薄弱渺小，怎可抵挡这漫天风雨、萧萧寒意。

这种忧心，藏于深处，不与人提起。尤其在母亲面前，更是不敢碰触，怕一句简单的话语，会直抵她心底漫无边际的悲伤。

仿佛父亲只是在人间走过一遭，未曾留下多少痕迹，亦没有牵惹谁的爱怨。就这样一个人，清白一世，连一件青衫也带不走。与父亲相关的一切，在那个夏日清凉的夜晚，消失无踪。

此时，家中所留存的，还有数十瓶父亲生时不舍得喝的酒，几片陈年普洱，以及几箱他亲自采摘的草药。旧物有情亦薄情，它不因换了主人，或悲或喜，只安于自己的时光，任由聚散。

母亲说，父亲刚过世时，有一只鸟雀，在她窗檐盘旋一月有余，每日孤独哀鸣，驱之不去。后来，母亲与它道别，鸟儿方肯飞离，不再纠缠。而母亲便认定父亲已然化作鸟雀，寂寞地停留在某处绿荫枝头，又或是随风尘远去。

母亲与父亲夫妻五十余载，贫富与共，荣辱相随。他们之间，虽无地动山摇的爱恋，却也相敬如宾，患难同行。父亲一生孤僻寡言，不与人亲，世上唯一能感知到他的人，当只有母亲。母亲的话，我信以为真。

可我总担忧父亲太过敦厚老实，独自行走于三生石畔，会迷失方向。怕他投生某户人家，水远山迢，又寻不到路途。更怕他化作飞鸟，天涯失伴，孤零无依。

又或者，他的魂灵，被收藏在那个叫"回归园"的地方。每日，青松翠竹相伴，无论晴雨，那一片天空，一直环绕着佛音，安然慈悲，岁月无惊。

那么多人，那么多魂魄，自有安排，自有归宿。父亲心之所愿，则是做回乡间凡夫，荷锄小径，或背着他的药箱，往来村落。只有那个叫竹源的山村，留存了他年轻的背影、幸福的光阴。

记忆中，黛瓦青墙的老宅，旧式厅堂，可以看见父亲温和的笑容。古老的八仙桌，昏暗的煤油灯下，父亲着中山装，一盏酒、朴素的菜肴，给了他家的安稳。

那时的父亲，富庶而满足。有着美丽聪慧的娇妻，一双儿女，以及成群的牲畜。檐下堆满了柴草，阁楼储存了粮食，木箱里，还有为数不多却足以度日的银钱。他珍爱的药房，有古籍药典，有他辛劳采挖，用以治病救人的药材。

柴门犬吠，风雪归人。无论父亲去了多远的村落，问诊于哪户人家，他都会归来。只因，这尘世有他的责任与牵挂，他舍不得，也不能放下。

多少次，睡梦中醒来，透过雕花的窗棂，可见天井纷飞的絮雪。母亲生好了炉火，于浅淡的灯光下，等候下乡问诊的父亲归来。母亲这一等，便是一生，从红颜到白发。而父亲，亦是如期而归，不留恋锦绣山河，不沾染凡花俗草，亦不惧山妖鬼怪。

有时，父亲会从大衣里，取出冒着热气的乡间小吃。这些新鲜食物，皆是农户相赠，他念着家中妻儿，带回来品尝。那些香甜的糕点、粽子、鲜果，镂刻于我记忆深处，经久不忘。

父亲对我们的爱，不同于母亲的温柔细腻。他的爱，不言于表，看似漫不经心，却又无处不在。母亲总说父亲笨拙，不解风情，然而父亲心细如发，他把情感倾注于他砍伐的柴木上，投注在相求的病人中。

窗外，风飞雨落，母亲早已美人迟暮，一身病骨，坐于暖榻上，却再也等不到父亲。父亲年过古稀，老病相缠，早已卸下了他的责任，如此更是丢下行囊，一个人提前踏上了归途。

并非他无情狠心，这苍茫的天地，已无他容身之所。他的名字，连同他一生的故事，随着他的离去，一起被湮没在漫漫黄尘。生命太过仓促薄弱，像一枚落叶，未曾记得生的喜悦，就经历了死的悲凉。

人生有情，也无趣，父亲奔波一世，勤劳省俭，他所爱的，无非只是一壶老酒、一盏清茶。后来，他病的时间长了，几乎不与人往来。母亲总说父亲到底比常人孤僻，就连他散步的地方，亦是另寻蹊径，一个人，与孤独同步。

《西厢记》中有"幽僻处，可有人行，点苍苔，白露泠泠"。父亲既无高才雅量，也不懂诗风词韵，因遭逢家境变故，幼年粗识文字，略通笔墨。他不解古人幽境，却独爱《本草纲目》，他非读书君子，却一生离不开书卷文章。

父亲当不知人世参差，苔痕浓淡，但世间的悲喜离合，他无一避免。母亲柔软多慧，时常触景伤情，又可知，父亲的世界，有着怎样的河山万顷。他沉默不语，隐忍自傲，纵是病痛缠身，亦不肯给人带来繁难。

因怕添负累，父亲才走得那么急。他的病，来势汹汹，却并非没有转机。他知家里人单力薄，不肯委屈儿女，不愿过多留恋人世。只安静沉睡两日，选了最好的时间，离尘而去，让生者，将他身后事，安排得从容有序。

父亲的平凡，让人心生敬意。漫漫风尘，数十余年，又怎能不经浮沉，不落沧桑。所幸，他处清明盛世，无战乱杀伐，亦无流离颠沛。他所经受的灾劫病痛，寻常人亦有，只是有的人多些，有的人少些。

父亲走得虽急，却也不留遗憾。多年前，母亲为他批过命，古稀之年，便是人生的尽头。人的一生，名利可有可无，唯寿命不可增减。知晓宿命玄机之人，便不会让自己沉浸于悲痛里，难以自拔。

"生死有命，富贵在天。"道理都懂，又有多少人，可以做到悲喜无心。父亲在世时，我为了所谓的前程、文人情怀，独自离乡背井，将他们抛于山水之外，不管不顾。如今，父亲走了，我依旧守着江南的诗书琴茶，安然度日。

此刻，炉上温着酒，室内茶烟萦绕，窗外风声不止。远在故乡的母亲，自是挂念着，我是否衣已添，粥可温。她亦挂念着，独自静卧山间的父亲，是否还会惧怕尘世的凄风苦雨。

生者忧心，死者寂静。我与父亲，这一生的情缘，也就这么多了。如若可以，愿再一次回到那座宁静的山村，轻轻送走白日的喧嚣，一家人聚于厅堂，围炉夜话。梁间的燕子，也不舍歇息，屋外的犬吠，慢慢地静下来。小巷里的最后一位行客，掸去衣上的灰尘，匆忙归家。

"天地无穷期，光阴则有穷期，去一日，便少一日。"做个清淡之人，无有大志，简衣素食，何须远求。淡如秋水，和若春风，顺应人事，听信自然，也未尝不好。

天道最公，不负众生。父亲在世时心存善念，良药济人，造福百姓。如今他在另一个世界，亦当是勤修其德，静享安闲。

前世今生

"那一世，你为古刹，我为青灯；那一世，你为落花，我为绣女；那一世，你为清石，我为月牙儿；那一世，你为强人，我为骏马……"

许是在佛前求拜了千百年，方有这生生世世、不离不舍的缘分。多少人想知道，自己的前世到底是什么？又与谁，有过美妙的际遇、刻骨的爱恋，又和谁，许过诺言，缘定今生。

佛说，但凡今生种种，富贵贫贱、生老病死……皆有前因。前世若为恶者，今生必有劫数，前世若是善人，今生则有福报。每个人，都是两手空空来到人间，前生记忆，皆被删除。所能做的，只是修好今世，遇见那个人，了却那段情。

唐人崔护有诗："去年今日此门中，人面桃花相映红。人面不知

何处去，桃花依旧笑春风。"这亦是一个美丽的错过，本是萍水相逢，
别后却魂牵梦萦。一年光景，期待与那面如桃花的女子重逢，然物是人
非，已不见旧时芳容，唯留几树桃花，笑看春风。

　　这样一次偶然的错过，也许成了他此生都不可弥补的缺憾。谁也
不知道那个倚着桃花的女子去了哪儿，是嫁作他人妇，还是流散天涯，
抑或只是去了后山的竹林里浣纱。倘若他推门寻问，讨杯清茶，或许命
运又会有所改写。

　　人的一生有太多的擦肩，若是缘深，也许有一天还可以久别重
逢。倘若缘浅，一次寻常的转身，便再也无法牵着彼此的手。我亦是凡
人，不知前世为何人，又对谁，许诺过什么。莫非是那柴门深处煮茶的
女子，在暮色炊烟下，等待那个失约的人。

　　外婆说，若有一天她辞别人世，定会托梦告诉我另一个世界是怎
样的景象。是否如同人间这般，亦有爱恨情仇，亦是纷繁喧闹。可她失
信于我，每次梦里相见，依旧是寻常模样，仿佛她一直在，从来没有离
开。也许外婆已经转世投胎，纵算相逢，亦不认识彼此。若真有来世，
死亦不那么让人悲伤，只是不知下一世人间，会有怎样的际遇和安排。

　　我仿佛看到那个女子，倚着柴门，如云发髻，素色轻衫，看花雨
满天。暮色四合，黛瓦上炊烟袅袅，她说："过往的君子请留步，借问

路上可见我那打柴的丈夫？"这样的情景，儿时经常有过，母亲无数次等待打柴晚归的父亲。皎洁的月光洒落在蜿蜒的山径，父亲孤身只影，挑着柴火，行走在漫漫归程。

父亲知道，妻儿在家中焦急地等待，亦无心赏阅月色的温柔，以及日暮山间的美丽。母亲说，这一辈子就是在这样的等待中过去了。父亲虽为医生，救人无数，然自身一生命运多舛，多病多灾。母亲亦受过太多惊吓，只愿今生再无劫难，平安终老。

人生一世，形如飘尘，来来去去，皆无影踪。母亲说来世依旧投生寻常人家，只求嫁个身体康健的男子，平稳安宁。外婆却总说，来世要做个肌肤似雪、品貌出尘的绝色女子。而我只愿做一株平凡的草木，淡看四季流转，免去这轮回之苦。

人总是希望把今生的遗憾和过错，期待于来世。可真的有来世吗？在那个遥远陌生的人世，遇见未知的自己，是一种幸福还是悲哀？今生未了的情缘，来世真的能够再续吗？《三世因果经》云："若问前生事，今生受者是；若问后世事，今生做者是。"

很小的时候，外婆总爱跟我们讲因果循环的民间故事。古老的雕花床上，外婆摇着蒲扇，窗外蝉声渐远，听着故事悄然入梦。那些寂静的夜晚，不经世事，无多烦忧，连梦都是洁净安宁的。

　　长大后的许多个夜晚，要么凭栏望月，要么卷帘听雨，又或是独坐小窗，看桌案上几卷看似美好、实则乏味的诗书。夜色寂寥而漫长，愁烦似那绵绵不绝的细雨，看不到尽头。竟忽略了，时光并非无涯，所有耗费的岁月，有一天都要偿还。

　　外婆说，平日里行善积德，种善因，结善果。纵算遇到劫难灾难，也会从容走过，终得福报。外公每次饮酒时便话多，他说此一生，他品行端正，良善助人，故无论遇到何事，亦心中敞亮无惧。

　　古老乡村，时有鬼神的传说，外公也曾与鬼神狭路相逢，皆凭其一身正气，鬼神亦敬而远之。那时父亲长年夜晚出外问诊，母亲居住在那座不洁净的老宅里，甚为害怕。外公每日走几里山路相陪，只要他出现，母亲便心静安宁。外公和外婆皆寿终正寝，若转世投胎，定然又是多福多寿之人。

　　作家冰心说："假如生命是无趣的，我怕有来生，假如生命是有趣的，今生已是满足的了。"

　　人生有情，虽起落无常，飘摇不定，到底爱憎分明，冷暖有知，又怎会无趣。看似漫长的一生，实则太多匆匆，看过几季花事，赏过几场大雪，便行至迟暮。

倘若缘分真的可以再续，过错真的能够弥补，我期待有来生。那么今生可以活得更从容随性一些，无须如履薄冰，惧怕光阴催人。无论来生是转世为人，还是化作一株草木，又是否有缘重逢，都交给未知的将来。

窗外暮色渐浓，细柳含烟，玉兰似雪，虽有小桥流水，却早已不是天然景致。每近黄昏，总会深刻地想念青墙黛瓦那袅袅升起的炊烟，想念山径野外那行色匆匆的归人，想念秋水湖畔那点点渔火。流年如风，人生最美丽、最残忍的事，莫过于看着自己慢慢老去。

"三生石上旧精魂，赏月吟风莫要论。惭愧情人远相访，此身虽异性长存。""身前身后事茫茫，欲语因缘恐断肠。吴越溪山寻已遍，却回烟棹上瞿塘。"不知是谁，在烟水之上唱着，情真意切，感人至深。

寻觅三生石上那长满青苔的记忆，只为了，来世可以找到今生的自己。

人间萍客

　　春日喧闹，无论是踱步游园，还是独坐小窗，随处皆可携带几缕春光入梦。静下来，泡一壶新茶，赏几树繁花，是这个季节的恩宠。云淡风轻的日子，万物亦明静无尘，内心的喜悦多于悲伤，温暖多于冷漠，宁静多于浮华。

　　有人说，这个季节，适合经历一次说走就走的旅行，亦适合谈一场奋不顾身的恋爱。一个人，背上简单的行囊，带着南来北往的尘土，邂逅许多陌生的风景，以及一些从未谋面的人。莺飞草长的江南，或是宽阔无垠的塞北，都会有一段或几段偶遇，此为人生的萍聚，亦是萍散。

　　我亦曾期待，在人生有限的时光里，去采撷几片不同的风景，留住几段难忘的记忆。而今似乎无多欲求，只想守着当下的安稳，看庭院的花木、一曲流水，以及那来去悠闲的白云。盼着日子可以再简约一些，只一扇窗、一壶茶、一卷书，便知晓天下之事。

只是天下之事，自有天下之人打理，与我好似无多瓜葛。佛家云："万般带不走，唯有业随身。"外婆与母亲，皆是乡间村妇，一生所去之处，不过是庭院堂前。守着方寸之地，无论是乱世还是盛世，皆一般心情，相夫教子，俭约清好。

犹记旧时老宅，燕子年年如约到家里堂前筑巢，素日里飞至院墙上欢乐，我亦随它们嬉戏呢喃。外婆说，来到家中筑巢的燕子切莫赶走，它们一生漂泊，唯有檐下，为短暂的栖身之所。燕子倒也知恩，守护屋舍，不惊扰寻常人家，落叶时节纷纷奔飞，转身天涯。

村里每年会有戏班子，时有伶人来家中做客，闲聊时说他们在人世有如燕子，半年安定，半年流离。这些行走江湖的人，见惯天下风云，时常将外面的世界带至堂前。母亲备好素日不舍得吃的果点待客，父亲泡上新茶，我亦坐在桌旁，听他们说一些外面的奇闻逸事，令人心驰神往。

茶毕，我在厨下帮衬母亲，剥新笋，择蔬菜，洗碗盏。母亲取出腌制好的腊味，配上时蔬、鲜鱼、土鸡，灶台的火烧得透亮，一下午煎炒炖煮，炊烟和香味袅至厅堂。母亲招待客人从来都是如此慷慨，客人亦从容有度，酒桌上谈笑自如。

　　归燕回巢，月光的清辉透过天井洒落在石阶上，宁静安好。宴席散去，主客皆微醉，方才喜乐的心情，竟随夜幕，转至悲凉。伶人感叹身世漂泊，无处归依。看着他们转身离去的背影，下一站，不知投宿于何处人家，去往何处天涯。尚不解人事悲欢的我，心中亦觉怅然感伤。

　　煤油灯下，母亲收拾好碗盏，把厅堂打理得洁净敞亮。梁上的燕子倒也安稳，静无声息，不知是沉醉在月色的温柔里，还是体贴疲惫的主人。时光知心意，我在缓慢而悠长的夜色下，沉沉睡去，梦里都是一些不曾经历的事，陌生又亲和。

　　醒来，院外的井边已有许多排队挑水的人，他们的一生几乎不曾离开过这片古老狭窄的土地。外面辽阔的世界，于他们有太多的诱惑和惊喜。一如那时的我，看着雕花的小窗，想象远方有瑰丽的风景，在将我等候。

　　后来，有些人背着行囊离去，又有些人归来。我却不知，我在人世亦如燕子，半生为安定而奔忙。如今在江南，为自己筑了一个洁净的巢，只盼着，余下的岁月莫要多生事端，不再漂流。这个不能称之为故乡的地方，却有我前世割舍不下的牵挂。

　　幼年于乡村的时光，不过匆匆十载，浅短亦不知世事，却是此生再也不能相忘的风景。后来去过的城市，纵是再华丽明净，亦不能真正收容一个过客。它们只是人生驿站，让心灵暂时投宿，在青春年华里留下一程山水，一片记忆。

昨夜梦里，又回到了旧时村落。一个人，在深长的青石老巷行走，两侧是一排排层叠有序的徽派马头墙，在湿润的烟雨中看不到尽头。黛瓦青砖的老屋，已是人去楼空，雕花的门窗依旧，似被风尘打理，沧桑入骨。

每年回归故里，总不忘绕乡村走一次，想寻找一些遗落的故事。古井长满青苔，院墙被荒草攀附，老式宅院仅剩几家残缺的炊烟。村里人家，挣了银钱的，皆筑起高楼，将明清遗风的古建筑，荒弃于原处，再不问津。

有时候，只要想着那些老宅住过明清时代的人，心中便生敬意。他们的一生，有如乡村的山水一样简朴清明，所看到的风景，亦只是白云清风、明月翠竹。日子宁静却不乏味，四季耕种，以及年节时的热闹、集市里的喧腾，比起京都，却是另一种繁华。

一个人，可以一生一世守着一片土地，亦是幸福。人生沧海漂流，太多的起落沉浮、离合聚散，唯有从容以待，方可安然度过。半生辗转，天涯无主，最终的归宿，亦只是一处安静的小屋，取几两阳光佐酒，盛半斤雨露煮茶。

总觉得，我应该回归旧庭深院，择一座沧桑却精致的老宅，白日养花喝茶，夜晚隔窗听雨。闲暇时，寻访山中隐士或乡野人家，直到暮色熏染了整个村庄，我在炊烟中找回当年熟悉的记忆。

多少人一世奔忙，被时光追赶，竟忽略了，老了的那一天，想要的生活亦不过是简衣素布、淡饭粗茶。而我只是那个提前老去的人，不舍把自己抛掷在滔滔世浪里疲惫无依。都说知足常乐，如此这般真的很好，简单安稳，清宁自在。

假如心有所想，我亦会在某个风轻云淡的日子，选择一场说走就走的远行。只是无论于哪座城市，只做一个萍客，淡淡来去，不惊不扰。遇见谁，或者别了谁，都从容淡然，因为今生，再难重逢，来世亦不会相见。

小茶

这几日，秋雨绵绵，似在诉说过往未尽的心事。窗外草木繁盛，合欢花开，但凡美好的事物，在落幕前，都会倾尽一切，做最华丽的表达。万物有序，荣枯无私，人生本不该有过多的执念，平静地顺从则好。相知不可喜，相负亦不可悲。

小茶也在光阴细碎的流转中慢慢长大，长成我喜欢的模样，温柔贞静，灵气逼人。又或许，她原本就是这样，无须为谁修枝剪叶。从前偶尔无理的取闹，已转变成当下的乖巧懂事。茶真的长大了，她学会了收敛，以及包容，遇事不急不躁，不烦不乱。

那日，茶突然说："母亲大人，你是有多幸运，在那么多茶花里摘下我这一朵。"茶的话，总是在许多不经意时令人惊心，细语轻言，皆有回响。至今，她认定自己是一朵茶花，冰肌玉骨，洁白无瑕。那些只能意会不可言传的美好词句，她其实都懂。

小茶的世界，宽阔得仿佛知晓天地万物，又狭窄得只有一草一叶，但属于她的城池，皆是清澈无尘。我时常问她，可知人世的寂寞烦愁，她浅笑低眉，转而似一缕明净的清风，飘然而去。也对，这样纯粹的小小女孩，自是岁月不惊，何来喧闹与忧虑。

茶学堂归来，最喜做的事，则是为我烧水斟茶。她爱茶，缘起于我赐予她的名字，以及那份与生俱来的心性。不知何时开始，她同我这般，一日无茶不静，无茶不欢。这样多好，多少人经历百转千回，方知世间有一物与自己缘定，自此长情相待。而她，早早知晓宿命的玄机，以后修行路上，可免去许多繁复的枝节。

茶是安静的，她陪我拨弄琴弦，伴我灯下书墨。茶亦是调皮的，时常一个人，把她的玩具摆放得翻天覆地，但最后，都会收拾齐整，安排妥帖。茶不喜修饰装帧，她的物，一如她的人，恰到好处，妙不可言。

茶说："我不会离开你的，我会一直在你身边照顾你。"茶说的话总是那么认真，好像美人盟誓，不容你有丝毫的疑惑，暖人心肺。她做到了，我每犯头疾，她都会打理好自己的一切，再帮我端水递药。我忧心低落时，她亦在一旁消闷解烦，不添怅然。

茶与我虽仅是几载缘分，偏生这短短的岁月，让我冷暖遍尝，过尽沧桑。她沾染了我所有的美好喜乐，同时亦陪我风雨沉浮。也曾有过天崩地裂，可她朝夕不离的相随，抚平了我的哀怨与悲伤。许多个微妙的瞬间，仿佛有茶在，内心便可宁静安稳。

她是茶花，自是可以闻得见香气的女子。茶娇小柔弱，骨子里又有一种坚定倔傲，外界的风云于她，渺若微尘，丝毫不能惊扰她的天地。红尘熙攘，对一个小女孩来说，自是诸般不宜。而她又似乎过早地知晓人情世事，茶的沉稳有情有理，让人不生猜嫌。她的简洁亦如清风花影，素淡天然。

雨日里，焚香煮茶，是今生不愿再去更改的风景。只是这雨，几天几夜不肯停歇，落得让人心慌。茶一如既往，恬淡安静，或独自嬉戏于厅堂，或休憩于摇椅上，或静坐在我身边。窗外风雨惊天，她如茶婉顺清好，无牵无碍。

茶说，雨停了就是晴天。简单的一句话，却是天机妙语，烂漫无涯。茶还说，窗外天空湛蓝，连风中都有香气。茶喜欢我牵着她的手，于清晨送她去上学，感知我的温度与柔情。可我知道，这牵着的手，终究会松开。这个叫茶的小女孩，有一天会离我而去，连背影都不会留下。

有时，我出门一月，独自戏游山水，享诗酒清欢，便将茶托付与别人照料。她内心不喜，却依顺着我，她愿我不被世扰，愿我自在开心。偶尔一次简短的通话，她亦是不敢过多问询我的消息，甚至害怕知道我的归期。

茶的懂事，让人心疼，亦愧疚。我深知茶内心的企盼，假装听不见她低语呢喃，独自漫步天涯，云淡风轻。这个小小女儿，过早地学会隐忍，我心亦戚戚。奈何尘世风雨漫天，我愿她不困于俗事，不沉于情爱，如此是否可以省略一些悔恨，一点遗憾？

若无情有错，我宁可一错到底。尽管，我知道万般皆有命，纵然她清淡如茶，明净若水，亦不能避免岁月的波涛、情爱的纠缠。我又何曾不想，茶处万千红尘，过得活色生香，收放自如，但她生性柔软良善，又多情易感，世间的离合悲喜势必都要尝尽。

所幸，茶的性情虽执，却也能增减。又或许，她还小，对许多外界的风云皆无能为力。只是，小小的她，竟对我有无限的宽容。茶对我的爱，当是母女天性，平日里我对她总是漠不关心，而她可以原谅我的一切，与我相关的物事，她认定都是好的。

茶知道我与梅花结缘，记得我钟情的饰品、喜欢的颜色、贪恋的美食。茶更明白，我每日所做之事，则是品茶静坐。偶然的拨琴挑韵，挥笔弄墨，也只是打发光阴。如若可以，我只愿掩门遗世，一个人小楼明月，秋水长天。

可我有茶，慢慢地，我懂得收敛往日的任性，不敢肆意随心。在她柔弱之时，给她一个拥抱，或是偶尔为她做一顿简单的饭菜，伴她冷暖朝夕。在她生病时，尽我做母亲的责任，将她照料，虽不细致，却也心生爱怜。

茶说，想我的时候，听到我平日喜爱的曲子，会生出感动，甚至，要落下泪来。她说得那么端正，我亦不敢多生疑惑。她的眼神里，会透露出这个年龄不该有的忧伤。那忧，无关人情世事；那伤，更是毫无由来。

有时，茶和许多孩童一样，烂漫天真，快乐无邪。有时，她是雨巷里结着丁香愁怨的女子，款款情深。有时，她只是一朵茶花，在阳光风雨下，温柔美好地生长。

她是茶，不一样颜色的烟火。她美得端然明净，不着痕迹，任何的装点，于她都是多余。她所做的事、所喜的物，都有情有理。茶有许多的好，竟是我薄弱的文字所不能尽意表达的。

茶就是这样一个妙人，闯入我的世界，停留于我的时光。以后的路，漫漫风尘，无论晴雨，我当是要陪着她走下去，又或者说是她陪我。然而这条路，终有尽时。愿那一天，我们用一盏茶的时间，淡淡送离，深深祝福，从容转身，不必回首。

依依送别

　　不知是第几次离开这座南国小城，虽是深冬，却无一丝寒冷，淡淡清凉的风，吹醒如水的过往。

　　天气亦知人意，不晴不雨，轻雾烟笼的江南，依旧多情秀丽。错落青山，婉转河流，黛瓦青墙，翠竹掩映，风景年年如故，不曾更改，人事竟趁你不备，悄换了初颜。

　　谁曾说过，最美的风景，总是在远方。我本清淡之人，不喜世间纷繁，亦不受情爱牵念，来往如风，安然自在。奈何山水有情，双亲犹在，离开故园，自是悲伤不已。

　　回首半生，仿若浮萍飘絮，找寻洁净的归依。日影恍惚，匆匆数载，历经岁月迁徙，听从命运的安排，缘来缘去，悲喜从容。

承诺母亲，此番离去，我会妥善地照料自己。在那座客居了十年的美丽古城，优雅生活，简净度日。待到来年春暖花开，回归故里，她一如当年，朴素大方，健康清朗。

母亲病了，于我来说，似山河崩裂，瞬间世景荒芜。母亲这一生，命运多舛，风霜尝遍，对于诸多忧患，她总是随缘喜乐，不多计较。总以为，她会如同外婆那般，虽历风雨，始终平安无恙，福寿绵长。然突如其来的灾难，终让人措手不及。

一场变故之后，平复心情，余下母亲独自慢慢疗伤。为了所谓的梦想，我不能陪伴她左右，隔山涉水，是我与母亲此生的距离。装点行囊，我们泪如雨下，此次别离，比往年感伤更深。看着短短两月间，母亲老去的容颜、满头醒目的白发，心痛不已。

离别的路口，她洒泪挥手，始终不肯转身。我唯有狠心离去，天涯路上，孤身只影，认他乡作故乡。母亲劫后重生，定然心事沉重，又不知盼过多少时日，母女方可再度重逢。然万语千言，亦只留一句，平安珍重。

曾经那个满目春风的妇人，在清润的时光下，竟是这般寂寥沧桑。母亲只是不解，一生行善积德，慷慨待人，缘何依旧会遭受如此灾难。我假装大彻大悟，与她道说三世因果，将此生的债，归结于前世。

游走的风景，将我的记忆牵引到幼时那座古老的乡村。山花溪水，石桥老宅，巷陌里徐徐而过的春风，庭院一轮明澈如镜的圆月。母亲的身影，往返于堂前灶下，朴素亲切。那时年轻，她亦是明眸皓齿，婉兮清扬。

母亲这一生，应该久居村落，与草木清风、流水炊烟为伴，安详清静，方才入情入理。奈何时光变迁，人事亦要随风流转，不可执意停留。如若当初不曾选择离开，母亲该是村里那位看惯风云、洞明世事的老妪，守着几畦菜地、几竿翠竹，明媚静好。

父亲的药铺开在了镇上，是母亲聪慧的安排。乡风固然淳朴，父亲这位外姓之人，难免被人排挤。为避争执与纷扰，母亲决意搬迁至离村十里之外的小镇。至今我还记得乡邻送别的场景，果瓜蔬菜、生禽鸡蛋，装上满满的一车。母亲热泪盈眶，万般不舍，终是转身。

再后来，亦只是回乡村看过几场社戏。空置的老宅，因了无人居住，落满尘埃。古旧的厅堂，雕花的老窗，安静的灶台，看见的只是过往的影子。明清时的建筑，这些年不知更换了多少主人，看过多少故事；聚聚散散，倒也不悲不喜，任你荣枯浮沉，它亦是从容泰然，静守四季更迭。

十数载光阴恍如刹那，典当了年华，换来的亦只是平淡生活。父亲经年老病，小镇几度洪涝，忧患是那样真切。母亲依旧开朗如常，她说内心敞阳，方可避一切纷乱。时光无恙，更换的只是芸芸众生。

母亲病后，来不及和镇上的故人道别，便留在了县城。旧年购置的房舍，高楼耸立，临着盱江，远处群山隐现，倒也风景明丽。母亲却不喜欢城市风光无际，同为世上人家，多了一份陌生与疏离。

母亲每日坐于阳台的摇椅上，神色淡然，多了几分憔悴。远处谁家庭院深深，在这寒冬里，飘来桂花馨香，怡人心魄。日长如年，从朝霞到日落，我所能陪伴她的，只是有限的时间。

我宽慰母亲，孤独有时候是一种境界，一个人亦可以将日子过得安稳自在，恬静如水。我心知，年岁大的人，心愿则是在生命行至尽头之时，可以枝繁叶茂，儿孙满堂。母亲一生喜闹不喜静，喜聚不喜散，她不求富贵，只盼亲人团聚，一世平安。

病时，母亲与大舅絮说家常，曾经叱咤风云的人物，老得也只剩下回忆。他们的记忆，仿佛只停留在那座古老的乡村，停留在几场农事中、一碟野菜里。似乎自己是那个永远长不大的孩子，奔走于山间河畔、曲径云峰。

我坐于一旁,泡一壶清茶,听他们的故事,似也入了情境,不舍离开。仿佛世间浩荡河山、滔滔名利,皆不及那个偏远而渺小的角落。流水小桥、炊烟人家、草木溪石皆是风景,阴晴圆缺亦属人情。

外公有个铜壶,专用来温酒。外婆每日在壶内装满酒水,温在灶台的小锅里,待到日落外公荷锄归来,来不及洗去一身尘泥,便端起酒壶饮上几口,方肯歇息。家人相聚于一张八仙桌旁,粗茶淡饭,共享天伦。

夜幕微凉,村里有自创的戏班子,几个生旦,几个配角,几套戏服。点上灯,锣鼓响起,演员便登台唱起了戏。姿态唱腔,排场情景,虽比不上大的梨园戏班,却也别有一番情调和气韵。

有时入戏太深,台上的生旦,竟满足地安享戏里的尊荣,台下的看客,亦随了他们悲喜,忘了现世的凄凉。一缕温柔的春风,一场华丽的戏梦,抚平了白日里劳作的辛苦。简衣素食,拙朴的时光,亦是喜乐,亦有甘甜。

母亲说,那些扮演过生旦的人,皆已辞世,葬在乡村后山的那片竹林里。"生离死别"仿佛是人生不可更改的主题,走过多少事,依旧不能从容淡然。此生,无论离开故土有多远,亦不会相忘那里的草木、人情。

人世无常，烦恼相伴，我心如菩提，修行之路，定然若明月清风，洁净坦荡。富贵贫贱，起落浮沉，皆是万物常理，有情有义。云聚云散，不生古今兴亡之感，亦无悲欢冷暖之心。

寂静山河，悠悠千年，依旧端正闲远。回首半生，飘萍踪迹，虽历劫数，终有一种简净清明的美，不负岁月辰光。

长亭古道，依依杨柳，千百年来送别场景，莫过于此。有一天，我看倦了世间风物，母亲是否还会倚着柴门，在芳菲深处，等候我的归来。

做一株他喜爱的药草

　　父亲走了，在这端午佳节、清明盛夏，离开这多风多雨的人间。放下不能放下的，舍下不能割舍的，走得不安，又走得无碍。父亲一生，多灾多难，病痛缠身，本是富家子弟，居高墙深院，却流离市井，尝尽冷暖。

　　父亲走时，不曾留下片言只语，看似痛苦，实则安逸，眼角落下对亲人不舍的泪滴。这令之眷眷不舍、百转千回的凡尘，在他走的瞬间，又有什么值得牵念。暗夜里，唯一弯冷月，以及清凉的草木，为之轻轻送离。

　　母亲说，父亲的性命如草绳般薄弱，不过几日光景，便匆匆消磨了漫长的一生。母亲又说，父亲是个有福之人，他来时如雨，去时若风，于尘世亲情缘薄，孤清俭朴，一切华美的盛宴，他皆不染身。

　　我对父亲，心有愧疚，他再不给机会成全。父亲在世时，虽知他多病，又总以为他不会轻易离开。我以为，每次山迢水远归来，他都会在，坐于摇椅上，听我一声低低的呼唤，然后对我微笑不语。

　　我与父亲交流甚少，他沉默寡言，与我们多有疏离。他内心世界孤独清冷，无人所知，而我们亦不去碰触，总是吝啬给他温暖与关爱，直到他再也不能言语，直到我们再不能与他相见，哪怕交换一次眼眸，哪怕再一次感受他的温度。

　　父亲真的走了，我目睹他的离去，只消一个刹那，便天人永隔。父亲呼吸由急至缓，继而悄无声息，脉搏静止，脸色蜡黄。但他神色安详，宛如睡去，只是这一睡，永远不会醒来。

　　父亲生时不肯给我们带来繁难，走时亦是如此。他不愿惊人，更不自扰，亥时离世，之后被无情带走，去往那个叫作"回归园"的地方。几番简约装点，着旧时长衫，好似要穿越至某个古老的朝代、那个无有烦恼的世界。一个人静静地躺着，那么孤独，又那么安然。

　　生命果真是一场轮回，任凭你被放逐在尘世任何一处或喧闹或宁静的角落，终有一日，会殊途同归。就这么狠心丢下他一人，千般不舍，也只作虚无。归来午夜，夜色温柔得让人心生哀怨，行山涉水，只觉万物寂然，连悲痛都是多余的。

一夜竟是清澈无梦，醒来方知父亲是真的走了，这一转身，是诀别。一日亲身为父亲择选墓地，伴山而居，翠竹松柏，杜若兰芷，形如神仙洞府。父亲一生低调，不喜奢华，我亦遵循他之心意，不铺张奢侈，却不忍再委屈于他。所选之物，亦为上品，诸多事宜，当是周全。

再一日出葬，天公作美，阴凉不雨。最后一次目睹父亲遗容，他依旧如同睡去。古稀之年，满头乌发，脸上无有皱纹，在旁的亲友无不为之惋惜。但人世多灾，他走得从容，不经折磨，无有苦痛，又何尝不是一种福报。

所谓生何欢，死何惧，百年之后，皆是一堆白骨、一抔尘土，葬于巍巍青山、冷冷大地。秦汉人物如此，魏晋时代如此，唐宋以后皆如此。父亲只是万千亡魂中，微小的一个，生时不与人争，死后更只是安静于一隅，守着他爱的一杯老酒，一壶清茶，怡然自乐。

下山归来，大雨不止，如泣如诉，天摇地动。而我褪下一身素服，梳洗干净，着喜色裙衫，淡扫蛾眉，意味了却悲情的过往。家人围坐一处，内心虽哀伤，又如释重负。所有经历，都作人世修行，我与父亲今生这场父女情缘，已然结束。若有遗憾，来世结草衔环，再报深恩。

今生父女情分，是一柄伞的温暖，是一壶茶的喜悦，是一句简单的问候，是漫长岁月的深铭。过去的一切，若逝水清风，不复回返，只是未来的日子，他再不能与我们同桌同食。就连往日隔山隔水的牵挂，也可以省略。

静的时候，依稀见得父亲年轻模样，一身浅灰中山装，坐于厅堂之上，独酌佳酿，笑容可亲。时而又是素布青衫，背着他的药箱，消失在村庄的悠悠长巷。时而坐于暗淡的煤油灯下，翻读古卷药书，为解疑难杂症。

如今父亲走了，是问诊于哪个村落、某户农家，迟迟未归；还是打柴于深山，迷失荒径；或与某位仙翁，对弈喝茶，人间已过千年；又或是撑着舟子，误入桃源，忘记红尘归路。

母亲说，父亲此次离去，亦不会入梦来。他不近名利，荣辱无关，疏离亲情，与人与物的交集，皆是适可而止。父亲生平忠厚朴实，虽为愚者，然则大智，他任何时候离开，都一样心肠，不牵附爱恨，不累及世情，更不惊动河山。

若有来生，父亲无须与任何人相逢，不相欠，不相负，无前缘，无宿债，只做清白简净的自己。愿下一世人间，他远离灾劫病痛，做一株他喜爱的药草，济世救人，不图回报，唯留清香，渡我众生。

草木有灵

人世间有一种清光

书斋里弥漫着桂子的香气，似千年的桂花窖酿被打翻，浓得化不开来。忽又飘散而去，渐远渐淡。

桂花不媚俗，更不轻薄，它的纤柔并不让人为之回眸，然它清润有情、细细香风，令无数人梦萦魂牵。

佛手

记得《浮生六记》里沈三白说："余闲居，案头瓶花不绝。"芸娘也赞他插花能备风晴雨露，精妙入神。

而我，茶室书斋，亦是瓶花不绝，香气萦绕。虽说插花、盆栽、清供皆是物外之趣，亦不似雅致文人那般深究。所为的，只是给平淡乏味的生活，增添些许意趣和韵味，点缀一点古风。

清供，一个久远古朴、雅致绝美的词。清供，是在室内案头，摆放几样物品，供观赏之用。或花卉盆栽、时令水果，或紫砂瓷器、古玩奇石，主人神游其间，怡然养性。

清供在唐宋时已盛行，及至明清，摆果闻香，置物成景，此等雅事，已在民间普及。

平日里有文房清供、案头清供，逢节日，便有岁朝清供、中秋清供等。清供源于佛供，清寂的禅房，日夜供养鲜果时花，令人神清，适宜修行。

入秋后，于院中摘了几枚佛手，用素白的瓷盘供在书斋、佛前，顿觉室内清洁宁静，悠然忘尘。每次往返，微风拂袖，幽香袭人，沁入心骨。

佛手原产于佛教之国，想来佛前之物，通了性灵，到底不同。佛手，长形的果实或分裂如拳，或张开如指，状如人手，惟妙惟肖，姿态万千，玲珑可爱。佛手，不仅用以清供观赏闻香，还可煮茶入药。

《浮生六记》对室内熏香有一段细致的描述："静室焚香，闲中雅趣。芸尝以沉速等香，于饭镬蒸透，在炉上设一铜丝架，离火半寸许，徐徐烘之，其香幽韵而无烟。佛手忌醉鼻嗅，嗅则易烂；木瓜忌出汗，汗出，用水洗之；唯香圆无忌。佛手、木瓜亦有供法，不能笔宣。每有人将供妥者随手取嗅，随手置之，即不知供法者也。"

佛手的香，是清冷孤寂的，一缕一缕，缥缈难寻，又扣人心弦。它没有桂子的浓香，亦无栀子那般清扬的香气。它香味幽淡，似寒梅，若幽兰，也似水仙。在某个静止之时，一阵冷香骤然寻来，仿佛一场温柔的细雨，落在心间，清凉美好。

其实，佛手的香高远清淡，也许冷冽，却并非孤芳自赏。任凭尘世纷乱万千，它只守候一个角落、一处光阴，自有韵致，自成风景。明代朱多炡赞它："色观黄金界，香分白麝脐。"现代诗人陈长明咏它："色似寒梅蜡，香敌玉兰花。"

世间万物以清淡为妙，过浓则俗，失了雅趣；君子之交，亦当淡如水。清淡可使人宁静，不生烦忧，不染尘埃。持淡泊之心，无名利得失，亦无恩怨情仇，更不被执念纠缠。

佛手若那得道高僧，寄身古刹，听惯暮鼓晨钟，心静如水。又似清雅之士，隐逸林泉，纵情诗酒，不问世情。也像幽谷佳人，餐风饮露，恬静安然，不与世争。

佛手，雅致之物，自古文人墨客爱之。《红楼梦》第四十回，对探春房中有一段这样的描写："案上设着大鼎。左边紫檀架上放着一个大官窑的大盘，盘内盛着数十个娇黄玲珑大佛手。右边洋漆架上悬着一个白玉比目鱼磬，旁边挂着小锤。那板儿略熟了些，便要摘那锤子去击，丫鬟们忙拦住他。他又要佛手吃，探春拣了一个与他说：'顽罢，吃不得的。'"

探春虽是庶出，却工诗善书，情趣高雅，成立海棠诗社，自号"蕉下客"，为大观园中的才女。曹雪芹这样写道："削肩细腰，长挑身材，鸭蛋脸面，俊眼修眉，顾盼神飞，文采精华，见之忘俗。"

大观园里诸多女子，黛玉之清冷之性更似佛手，宝钗所服食的冷香丸，亦和佛手有异曲同工之妙。而妙玉和惜春的佛缘，又更适宜与佛手修行。然探春的神情态度、见识才能、清雅气质，恰与佛手相通。

"自古穷通皆有定，离合岂无缘！"探春"才自精明志自高，生于末世运偏消"。高才如她，练达如她，又怎肯似佛手这般，甘愿被人摆供于案几，随意赏玩？她注定飘摇无定，风雨三千。

人生最难的，是静。心有城池之人，处世乱风雨，亦是不惧不忧，置身波涛，也可不动如山。佛手，无须经风云，历沧桑，它只静静地，在百姓庭院、文人书案，看人世变迁，山河徙转。

世人供养佛手，观赏它，喜爱它，亦是因为它的香、雅和静。闻之即醉，观之忘俗，近之宁神。

更为可贵的是，佛手可入茶。据清茶膳房档案记载，将梅花、佛手和松实三味，以干净雪水烹之，名"三清茶"。

相传康熙皇帝经常饮用三清茶，乾隆时期沿袭这一习惯，并为此赋诗，还将诗句镌刻或烧制到茶碗上。乾隆御制诗《三清茶》，诗云：

"梅花色不妖，佛手香且洁，松实味芳腴，三品殊清绝。"

诗虽平淡无奇，然茶汤纯粹，味道清绝。更况有此闲情，亦要有这等雅兴。据说乾隆皇帝命人从荷叶上收集那一滴滴的露水，用以煮茶，故有了荷露茶。一代帝王，坐拥江山，不忘的，是江南的风月情事，是人间的一盏清茗。

沈复笔下的芸娘，亦是那有情趣的灵秀女子。她别出心裁，于夏日荷花初开时，夜里用小纱囊撮茶叶少许，放置花心，晨起取出，天泉水泡之，香韵尤绝。芸娘有心，沈复有情，她烹煮的茶，有荷香，更有情味。

古人喜用雨水和雪水以及花露烹茶，觉自然之水，最为纯净，具有性灵。《红楼梦》里妙玉存冰雪之心，在栊翠庵曾用梅花上的雪，烹煮了一壶好茶，用来招待黛玉和宝钗，还有她心中思慕的宝玉。

她道"这是五年前我在玄墓蟠香寺住着，收的梅花上的雪，共得了那一鬼脸青的花瓮一瓮，总舍不得吃，埋在地下"，如今她取出烹茶，可见其心意。梅花雪水，自是汤色清明澄澈，香气雅淡幽绝，只是这一壶冰雪之茶，谁解其中味？

白居易有句"融雪煎香茗"，李清照有句"豆蔻连梢煎熟水，莫分茶"，可见唐人之风雅，宋人之清趣。他们的室内，自当清供了一盘佛手，质朴的青瓷，散发出清冷之气，漫溢古今。

佛手温和可入药，疏肝理气，消食养胃。记得幼时父亲所开的中药处方，时常可见佛手这味药。此番与之相识，又添了一段心事。父亲化作了一味药草，也许叫独活，也许叫佛手，又或是其他，只是无论以何种方式，再不能与他重逢。

我亦尝试取了三两瓣佛手，煮粥熬汤，淡淡的柑橘香气，颇有风味。人世间许多事，原本只是寻常，换一种心情，便有了境界。

此刻，夜色深浓，幽淡的灯影下，一盘佛手供于案几，更觉清寂。阵阵冷香，泛着古意，那些久远的朝代，仿佛就在昨天。窗外，是明月的皎洁，远处，是望不尽的秋山。

桂
子

清秋的江南，已有桂花盛开，凉风拂过，香气漫溢而散，满城皆是桂花香。宅院、楼台、长巷、弄堂，乃至每一处转角、每一个缝隙，尽是香气。忽浓忽淡，时近时远，你寻之而往，它转而不见。

桂花亦是带着仙气的草木，秋天可与之相及的，唯有菊。然菊素雅，悠然南山，过于淡泊无争，不似桂子这般芬芳绝代，柔情万千。且桂花带着脂粉味，为美人所喜，落闺阁绣户，更添情意。

宋时李清照曾有词："何须浅碧轻红色，自是花中第一流。梅定妒，菊应羞，画栏开处冠中秋。"画栏秋影，千枝万蕊，让人想起南宋当年。那座柔软闲情的都城，让人忘记汉唐风烟、旧日河山，甘愿栖息于此，慢慢疗伤。

若她的人生，如门庭桂子多好，花开花落皆有主。或在江南，与文人墨客聚集一处，泛舟烟波，山寺寻桂。又或守着她青州的归来堂，和赵明诚赌书泼茶，执手相依，如此便免去半生的漂流、半世的凄苦。

白居易有诗："江南忆，最忆是杭州。山寺月中寻桂子，郡亭枕上看潮头。"江南的秋，有着温柔且寂静的风，携着桂香，于古刹悠悠流转。桂子幽香，似从线装的书卷里缓缓溢出，清绝缥缈，妙处难言。

世间草木，犹如一册《花间集》，软媚香艳，温婉秀雅。有人说，桂花是人间最深情的女子，她细碎清淡，尝饮风露，荣辱不惊。她默默守候一院秋光、一庭月色、一墙风景，虽安静渺小，却渲染了整个江南，熏醉了万千过客。

这本该寥落清冷的季节，因它的莞尔一笑、纤巧风姿，多些意趣，添了情肠。它美好清洁，若无其事地盛开，消减了几多愁怨，令人为之动容。

江南的瓦屋、水畔的石桥不必言说，自有一种天然的诗意。它恰好在这座古老的城池里，循季而生，只为赴一场佳节良辰。许多时候，它清坐月宫，守着那位偷食灵药的绝色美人，相知相惜，视若知音。

我心中的桂子，当是属于朴素的民间。每逢清秋佳节，它如约而至，充盈了百姓的桌宴，从不缺席。一轮明月，照彻古今，所有炎凉世事、冷暖悲欢，它皆知晓，又都不在意。桂子就是那落入凡尘的仙子，不娇柔，不媚俗，一袭馨香，倾动人世。

《红楼梦》第一章回，写甄士隐邀请贾雨村吃蟹赏桂、对月吟咏之情境。"须臾茶毕，早已设下杯盘，那美酒佳肴自不必说。二人归坐，先是款斟漫饮，次渐谈至兴浓，不觉飞觥限斝起来。当时街坊上家家箫管，户户弦歌，当头一轮明月，飞彩凝辉，二人愈添豪兴，酒到杯干。"

姑苏城，乃红尘中一二等富贵风流之地。这位甄士隐禀性恬淡，不以功名为念，曹雪芹称他为"神仙一流人品"。这样的人物，居江南秀地，自是每日以观花修竹、酌酒吟诗为乐。他恰似栽种在姑苏人家的一株秋桂，清贞皎洁，不落名利之网。

传说，唐太宗的妃子徐惠被封为桂花花神。徐惠自幼冰雪聪明，才情出众，唐太宗听闻，将其纳为才人，后升为充容。

贞观末年，唐太宗频起征伐、广修宫殿，令百姓怨声载道。徐惠写下《谏太宗息兵罢役疏》，道出常年征伐、大兴土木之害。

"是以卑宫菲食，圣王之所安；金屋瑶台，骄主之为丽。故有道之君，以逸逸人；无道之君，以乐乐身。愿陛下使之以时，则力无竭矣；用而息之，则人斯悦矣！"太宗看后，"善其言，优赐甚厚"。

太宗驾崩，徐惠哀思成疾，不肯服药，以身殉情，年仅二十四岁。后人赞其才华，感其深情且吟咏过桂花的诗篇，故而封其为花神。一段心香，几多幽情，于平淡的岁月里，总会被人恍惚地记起。

还有人说，八月桂花花神为绿珠。绿珠"善吹笛，又善舞《明君》"。她娇媚动人，善解人意，金谷园每次宴客，必有绿珠歌舞侑酒，见之者无不忘失魂魄。石崇有姬妾万千，独宠爱绿珠。

依附于赵王伦的孙秀爱慕倾城绝色的绿珠，派人往石崇处索取。石崇大怒："绿珠为我至爱，绝不奉送他人。"他的拒绝，给了孙秀诛杀他的理由。志在必得的孙秀，劝赵王伦诛石崇。

金谷园被重兵包围，歌休舞歇。石崇对绿珠叹息："我今为尔得罪。"绿珠流泪："当效死于君前。"说罢，她攀过阁楼的栏杆，纵身一跃，坠楼而亡。殷红的血，染透了她轻薄的绿衫。

唐人杜牧有诗："繁华事散逐香尘，流水无情草自春。日暮东风怨啼鸟，落花犹似坠楼人。"桂花的散落，宛若绿珠一跃而下的凄美。

她为情而死，坚贞不屈，亦被尊为桂花花神。昨日她还是枝上繁花，今朝便萎落尘泥。

此后，她便是出游的花神，往来于人间。再不必为谁轻歌曼舞，不必踩踏于象牙床上挣几斛珍珠，亦不必在数千美妓侍妾中费心争宠。她那一跃，流传千古，让世人再也忘不了，曾有一女子叫绿珠。

无论是徐惠还是绿珠，她们与桂花的一段机缘，皆令人感动。想那清秋之时，新月一弯，微风轻拂，枝影摇坠，桂子的幽香消散不去。仿佛她们携一支清桂，于月下，翩然起舞，水袖柔婉，眉目传情。晨起推窗，石阶像下过一场初雪，美得让人忘记忧念。

这世间，有许多若她们这般情深的女子。有的冰洁如梅，有的清雅若兰，有的素淡如菊，亦有的纯净若莲。她们在自己的故事里，或喜或悲，哀而不伤，艳而不俗，为某个人而生，又为某个人而死。

有时，我想着，我的前生必有什么遗落在江南。不然，何以如此频频回首，眷眷难舍。这里的风物，让人感触年华，这里的花木，烂漫难收。尽管，那些似雪的繁花，到最后都要萎落尘埃，但它们绽放之时，皆是毫无顾忌。

"三秋桂子，十里荷花"，那绵延无尽藏的芬芳，让人看不见世上的富贵荣华，只有眼前的风景。以往觉得桂花不够大气疏朗，开在江南的院落、百姓人家，那么安静无争。然则，它的静美，恰带着佛性，闻之即醉，顿消万种情怨。

多年前，我独自在一座古老的城市里飘荡，没有亲朋，亦无知交。只是一个人，寂寞的时候和影子相依，虽柔弱却坚韧，虽卑微却清洁。

清秋的黄昏，时闻别人庭院的桂子盈香，驻足片刻，总忍不住落泪。那时心中唯有一愿，则是青丝红颜，人间寻一安排处。哪怕只是小小屋舍、寂寂房檐，亦觉有千般好。

十年尘梦，恍若云烟。经过漂泊忧患之人，每至秋天，心中难免怅然。但慢慢地，也学会了平静，不生执念，一盏茶、一支曲，即见清凉。而光阴亦由急至缓，人生去繁存简，心境转哀为乐。

这时，书斋里弥漫着桂子的香气，似千年的桂花窖酿被打翻，浓得化不开来。忽又飘散而去，渐远渐淡。桂花不媚俗，更不轻薄，它的纤柔并不让人为之回眸，然它清润有情、细细香风，令无数人梦萦魂牵。

待白露将尽时，我当采撷一篮子桂花，铺于月光下晾干。一些用来酿酒，一些留待煮茶，还有一些封藏于坛子里，闲时取出烹制佳肴。它本人间草木，想来亦该与人最是相近相亲。

如此，秋天才算过去了。

海棠，海棠

从遥远的先秦开始，世人便钟情于百草花木，劈山耕地植花种树，为风雅闲情。先秦之人爱香草，晋人爱菊，唐人爱牡丹，宋人爱梅。花与每个王朝的命运息息相关，亦和每个人的心性相关。

春日里百花争艳，浓淡相宜，疏密有度，万种风情，赏心悦目。唐时杜秋娘的《金缕衣》写道："劝君莫惜金缕衣，劝君惜取少年时。花开堪折直须折，莫待无花空折枝。"花期短暂，有时一个停留，一个转身，花便凋零，赏花之心，只好留待来年。

我本清淡之人，生性爱那清淡素雅之花草：落于寒林野外的梅，长于碧波清池的莲，生于空谷深山的兰。落红满径、夜雨芭蕉、雪夜修竹，只为了无言的诗境。而对桃李迎春，多几分亲切，于牡丹芍药，存几分爱慕。

海棠，花姿妩媚，娇丽动人，有"花中神仙""花中贵妃"之称，亦有"国艳"之誉。在我记忆中，海棠应是名贵花木，幼时于村庄不曾遇见。后来读《红楼梦》，湘云诗签曰"只恐夜深花睡去"，方知此句为宋人苏轼的诗。"东风袅袅泛崇光，香雾空蒙月转廊。只恐夜深花睡去，故烧高烛照红妆。"

湘云饮酒行令，后醉于芍药花下，无限风流妩媚。黛玉当时用了唐人一句诗："醉眠芳树下，半被落花埋。"湘云的醉姿神韵、女儿情态，被那落花掩埋，更是风情万种。在我心底，湘云便是那春日海棠，虽经夜雨，颜色还艳，清韵犹浓。

潇湘妃子题吟《白海棠》，则写出了海棠的素洁与高雅，诗魂和词韵。"半卷湘帘半掩门，碾冰为土玉为盆。偷来梨蕊三分白，借得梅花一缕魂。月窟仙人缝缟袂，秋闺怨女拭啼痕。娇羞默默同谁诉？倦倚西风夜已昏。"

海棠亦是尊贵之花，唐明皇曾将沉睡的杨贵妃比作海棠。她娇俏妩媚，丰盈高贵，温柔娴雅。就是这株春睡的海棠，胜过了深宫里争艳的百花，亦胜过了淡雅脱俗、孤傲高洁的梅妃。

初遇海棠，是在无锡寄畅园内。一株垂丝海棠，树影摇曳，花蕾嫣红，倚着古老的爬满青藤的老墙，更显佳人姿态。海棠植于深深庭院中，受万千游人观赏，依旧安于一隅，不妖娆，不轻薄。

不禁令人想起东坡先生的那首词："墙里秋千墙外道。墙外行人，墙里佳人笑。笑渐不闻声渐悄，多情却被无情恼。"海棠便是那墙里的佳人，斜枝探墙，花色醉人，看似多情又无情。你本对其交付真心，她却婉言相拒，你欲转身离去，她语笑嫣然，胜过一切山盟水誓。

与她相逢，已有十余载，不曾许下诺言，但每年春日皆有那么一两次匆匆相聚，从未错过花期。阳光下，海棠半是风情潇洒，半掩惊艳之容。多少萍水相逢，竟成了一生的知交。她的美，似多年不遇的红颜，一见倾心。却又不媚俗，绿鬓朱颜，浓淡有致，带着一种飘逸风骨，美艳撩人。

"曲径通幽处，禅房花木深。"隔了几道花径、一溪流水、半亭翠竹，便是千年惠山古刹。寄畅园的海棠，每日聆听晨钟暮鼓，比别处园林的花木多了几分贞静和空灵。那隐隐飘忽的梵唱、悠悠不绝的檀香，这株倚着老墙旧院的海棠，亦可安静修行，数百年后修成正果，位列仙班。

后来见过许多海棠，总是太过招摇，太过艳丽，不够内敛沉静。过往的君子佳人为之留步，只想赏阅她的无限春光。海棠竟也不肯遮掩，随心所欲地绽放笑颜。或许海棠本就不是沉雅花木，她的风情，她的洒脱，她的醉态，亦是别的花木皆不可比拟。

民国才女张爱玲曾经提到人生的三件憾事：一恨鲥鱼多刺，二恨海棠无香，三恨《红楼梦》未完。张爱玲本是民国世界的临水照花人，她是那株芳华绝代的海棠，不受世俗藩篱约束，自我开放，自我枯萎。

这株海棠，曾为胡兰成低落尘埃，为之尘埃里开出花朵。这株海棠，披上华美的旗袍，似惊鸿照影，美艳绝伦。她在最美的年华释放自己，让心灿烂地死去。这个女子，走出上海旧时庭院、悠悠弄堂，花落天涯，随水成尘。

海棠亦有宿命之说，预示了人的命运和家族的兴衰。《红楼梦》里的西府海棠，本应三月开花，而怡红院的那株海棠，却在十一月寒冬绽放。看似枯木逢春，却并非吉兆。宝玉失玉，元妃薨逝，贾府遭查抄。曾经花柳繁华的大观园，早已群芳失散，落叶成堆。

海棠难画，难画的是她的静，亦是她的妖；是她的艳，亦是她的媚。海棠花可以直接食用，亦可制茶入药。我不是那个痴爱海棠的人，骨子里却欣赏她的摇曳放纵，一旦绽放，便是不管不顾，难舍难收。海棠，是那个敢爱敢恨的女子，花期短暂，亦是坚定决绝。

三月阳春，又是海棠绽放日，我与海棠约期已近。想来寄畅园的那株海棠，依旧是年年如故，容颜不改。而我，还是那般，如梅姿态，古拙雅静，不肯随世逐流。这世上的花木、世间的人事，皆依了性情，循规蹈矩做着真实的自己，不敢轻易地改写命运。

海棠，看似风情万种的花，亦不会在别人的光阴里，说着自己的故事。

合欢，合欢

窗外有一株合欢，临水而生，斜枝疏影，更见风韵。素日读书写字，倦累时，便倚了窗台，与之相望相知。它有着令人相见即欢的名字，亦有着草木的清新润泽之气。不与名花争奇，独自从盛夏开到深秋，远离一切蜂喧蝶飞。

我所居的这条幽巷，两边亦是植满了合欢树，我给巷子取名为合欢巷。合欢虽是寻常草木，却不被百姓人家所熟知，亦很少走进文人的诗章。它被栽种于驿外路亭，纤细的花丝，花朵粉红色，开了又谢，谢了又开。

或许过于平淡，无人为之停留，雅士亦不喜吟赏。有人摘梅赠友，折柳送别，采菊簪戴，乃至许多野花亦可撷之插瓶。然合欢高树繁枝，朴素清淡，不受世人思慕。我心中的合欢，却是极好的，倚在窗外，免去天涯过客的怅然。

合欢亦有美丽的来由，相传虞舜南巡仓梧而死，其妃娥皇、女英遍寻湘江，终未寻见。二妃终日恸哭，泪尽滴血，血尽而死，逐为其神。后她们与虞舜的灵魂合二为一，幻化成合欢树。

唐人韦庄有诗："虞舜南巡去不归，二妃相誓死江湄。空留万古香魂在，结作双葩合一枝。"如此，合欢便寄寓了忠贞不渝的爱情。合欢树叶，昼开夜合，相爱相惜，若久别重逢的眷侣，只相守，不相离。

合欢虽不受文人深喜吟咏，却终不被忘却。多情的纳兰公子有词："惆怅彩云飞，碧落知何许。不见合欢花，空倚相思树。总是别时情，那得分明语。判得最长宵，数尽厌厌雨。"

见合欢惹相思，她像是经过妙年的女子，在红尘阡陌，寂静等候某个走失的故人，情深义重。远观它，一树亭亭，明媚端然。靠近它，枝影纤柔，闻得见淡淡香气。

《神农本草经》记载：合欢"安五脏，和心志，令人欢乐无忧"。合欢可入药，解郁安神，清心明目。可见，平淡的草木，亦有其豁达之境。她如旧式女子，安静婉约，心思清坚，落落往来于庭院堂前，不见忧色。

合欢是无忧的，更不烦恼，因为平和，故不被群芳相妒。它绽开之时，浩浩繁盛，赏之不尽，像是长长的日子。待百花穷尽后，它仍自端然，不惧炎暑，也无畏秋霜。它开时悄无声息，败后也不动声色。

人世是一场修行，它这一世，恰在烟火中，又这般清洁无争。它不百媚千娇，却沉静安详，它或许不得人缘，却一直叫人敬重。秋日里，绿树依旧成荫，触目皆是绵密的明朗。唯它，倚着水岸，或临路旁，清远之姿，幽静且安，毫不飘忽。

合欢花泡茶，亦是每年秋日不可缺少的闲情。洁净的杯盏，泡上几朵合欢，见它在水中徐徐舒展，那情景烂漫而庄严。每当午后，心事沉沉，便坐于小窗竹榻，焚香煮茶，顿觉神清。

村落后山，也有几株合欢树，每逢花开，外婆便采一篮子用来泡茶。古老的桌几上，大大的青花瓷碗，泡着大朵大朵的合欢，若《诗经》里的句子，婉转悠扬。

外婆只是一位寻常妇人，她把人生看得这样贵重，将日子过得那般有情。母亲说，外婆婉顺勤俭，每日忙于堂前厨下，把流年打理得安然有序；纵是饥荒年代，她亦从容，不曾窘迫。

合欢花去暑安神，茉莉花平肝解郁，桃花润泽肌肤，梨花生津消渴。村庄里所有的草木，与外婆皆有交情。幼时，外婆喜在庭院种花草，最爱的是茉莉。溪前的柳、前庭的茉莉、后院的翠竹，亦随着她一起缓慢老去。那时的红颜，历一世风霜，尝人间忧患，终白发苍颜。人虽有灵，却不及草木坚韧，它渺小，却经得起岁月相摧。

光阴真是如流啊，旧时的闾巷，以及那些世代居住于村落的人，都去了哪里。盛世中的人，仍避不开纷扰，躲不去漂泊，各自行走，各有归宿。唯草木情深，看春秋更替，经多少世乱沧桑，也不离不舍。

外婆也用合欢花浸酒，秋凉后，日日用炉火温着一壶。每至黄昏，劳作了一日的外公荷锄归来，便要喝上烫烫的几盏，解乏忘忧，去尘消虑。炊烟袅庭，烛火映窗，偏远清冷的乡野，因世俗的真实，而有了喜气。

清人高士奇《北墅抱瓮录》："合欢叶细如槐，比对而生，至暮则两两相合，晓则复开。花淡红色，形类簇丝，秋后结荚，北人呼为'马缨'……采其叶干之，酿以为酒，醇酽益人。"

古人的诗意闲雅，在朴素的民间，亦是盛行的。或许没有高山流水的闲逸，亦无阳春白雪的韵致，却深稳，不浮华。天下世界，日月山川有着不尽的缠绵情意，若无生离死别，该多好。

《红楼梦》第三十八回的螃蟹宴上，有一段描写林黛玉饮酒的细节："黛玉放下钓竿，走至座间，拿起那乌银梅花自斟壶来，拣了一个小小的海棠冻石蕉叶杯。丫鬟看见，知他要饮酒，忙着走上来斟。黛玉道：'你们只管吃去，让我自斟，这才有趣儿。'说着便斟了半盏，看时却是黄酒，因说道：'我吃了一点子螃蟹，觉得心口微微的疼，须得热热的喝口烧酒。'宝玉忙道：'有烧酒。'便令将那合欢花浸的酒烫一壶来。黛玉也只吃了一口便放下了。"

黛玉于世人心中，是个柔弱多病的女子，然她的内心，亦有一段侠义、几许豪情。自古文人饮酒填词，怎离得了酒。把酒对月，饮酒寄怀，杯盏里，是帝王的江山，是诗客的锦词，是英雄的气概，是美人的情思。

史湘云喝酒吃鹿肉，她道："'是真名士自风流'，你们都是假清高，最可厌的。我们这会子腥膻大吃大嚼，回来却是锦心绣口。"其实，在大观园内，那诸多女子，哪一个不是性情中人。

机关算尽的王熙凤，波澜不惊的李纨，万事无关的宝钗，冰洁清高的黛玉，以及孤僻出尘的妙玉。她们都是世间最美好的女子，亦宛如那些草木，枕着春风秋月，悠然入梦，糊涂不醒。

只是我分不清，谁的品格和相貌，若一株合欢。谁又是那离尘世最近、离仙佛最远的人。合欢花，本属于人间，不要富贵荣华，为求平安相守，此生不渝。一如樵子与浣女，才子和佳人；寒梅与霜雪，清风和翠竹。

"世事真如梦，人生不肯闲。"把那名利抛散，把那情爱淡却，把过往的种种都忘记，不说喜，不言悲。将存了一年的合欢佳酿取出，寻一处湖山，一饮忘忧，再饮清神，三饮得道。

秋风过处，合欢花铺天盖地地飘洒，似一场无情的雪。它开的时候，那样如痴如醉，落的时候，也这般尽心尽意。

琼花

　　时光真的太匆促了，说好了今岁要将春花赏遍，仿佛只是几个不经意的片段，百花已经开到鼎盛。这个季节，有人相约游春，在繁花树下许下一世的诺言；有人怀想远去的故人，睹物感怀，见花寥落。

　　惠山寺的后花园，江南园林的格局，秀丽风情，典雅天然。亭台流水，百花欣荣，我最爱的则是那几树芭蕉和几株琼花。琼花，叶茂花繁，洁白无瑕，为千古名花，寄身扬州。宋朝的张问在《琼花赋》中描述它："俪靓容于茉莉，笑玫瑰于尘凡，唯水仙可并其幽闲，而江梅似同其清淑。"

　　"维扬一株花，四海无同类。"扬州的瘦西湖，小巧精致，曲线玲珑，乃千古风流之地。两岸花柳风韵无边，几溪瘦水怡养人文，那湖水瘦得有情调，瘦得见风骨。

　　"二十四桥明月夜，玉人何处教吹箫？"瘦西湖，旧时文人云集之地，诗酒文章之所。"故人西辞黄鹤楼，烟花三月下扬州。"当年李白辞别了黄鹤楼，烟花三月抵达扬州。为的是看瘦西湖的水，赏几树烟柳，还有那洁白如玉的琼花。

　　琼花，花团锦簇，由八朵五瓣大花围绕，中间簇拥着许多若白珍珠的小花，故琼花又名"聚八仙"。春日里，江南园林姹紫嫣红，唯琼花白净似雪，清秀淡雅，风姿绰约。她像一位冰清玉洁的绝代佳人，秀丽冷艳，独具风韵。

　　琼花，亦是挂在扬州的一块美玉。它被瘦西湖的水浸染，被诗风词韵滋养，亦听惯了大明寺的梵音，故清雅出尘，举世无双。扬州大明寺内有一株清代康熙年间种植的琼花，经数百年风雨，依旧花枝繁盛，风韵不减。

　　与琼花结下深刻情缘的那个人，则是隋炀帝杨广。杨广为隋朝的第二代皇帝，亦是隋朝最后一个帝王。他虽不是历史上的一代明君，却亦是璀璨银河里一颗灿烂的明星。他的一生波澜壮阔，亦起伏跌宕，他有千秋的丰功伟业，亦留下了不可挽回的憾缺。

　　自古以来，有奇人问世必天降异象。隋炀帝杨广注定不是凡人，传说他出生的当晚皓月当空，皎洁如镜。深宫里传来一声婴孩啼哭，瞬间雷声大作，风云变幻，大雨如注。这孩童取名为杨广，小字阿麽。历史上的杨广少敏慧，善诗文，仪容俊美。

杨广才智过人，文武兼备，深受隋文帝杨坚之喜爱。平定江南，开创科举，西巡张掖，还成就比秦始皇修筑长城更浩大的工程——修通运河。

唐朝文学家皮日休说，运河"北通涿郡之渔商，南运江都之转输，其为利也博哉"。多少年来，运河上"商船旅往返，船乘不绝"。隋炀帝又亲自打通了丝绸之路，此等举世创举，为千古名君方有的功绩。

但历史对隋炀帝太过严厉，太多的民间戏剧和故事，将他描写成一位末代昏君。杨广暴政，使得民生怨道，各地反王揭竿而起。他是一个奢华无度的昏君，任意使用高贵的权力，在华丽的宫殿里，享受声色之乐，不顾百姓疾苦。

当年兴建古运河，千里隋堤不知道葬下多少枯骨。隋炀帝本意是为了南北经济、文化交流，但传说是他为了下扬州赏琼花而开凿大运河。一路上，隋炀帝赏遍江南春色，亦轻薄无数南国佳丽。

隋炀帝不过是错生了时代，他本是一个有抱负的君主，奈何生逢乱世，根基不稳，修建大运河耗费太多人力，丧失民心。他的一生注定以悲剧告终，天下大乱时，宇文化及发动兵变，逼缢隋炀帝。

此一生，坐拥江山，抱得美人，赏尽琼花，亦是无悔。他说，帝王要有帝王的死法，他就那么匆匆离去，被葬入江都，成了一座无人问津的荒冢。隋炀帝为浪漫而死，为琼花而死，亦为红颜而死。

他曾经写过那么一首诗："我梦江南好，征辽亦偶然。但存颜色在，离别只今年。"当年他不惜千里赶赴江南，只为了一个未了的约定，为了梦中那烟柳繁华的江南，为了洁白如玉的琼花。他似乎知道那是一场有去无回的旅程，故写下如此悲情的诗句。

隋炀帝错在情多，他爱江山，更爱美人。他对宣华夫人之情深，令人感动；对皇后萧氏，亦是一直以礼相待，曾多次下江南，萧皇后皆随之。他奢靡无度，皆因他与生俱来的尊贵，以及骨子里的浪漫情怀。杨广懂得治理山河，却不知如何重视民心。

如果可以，他宁愿丢弃江山，只在江南修一座奢华的宫殿，琼花美人，诗酒佳肴，度过一生。丝竹清音，红颜佳丽，远比乱世里的剑影刀光要美妙风雅。命运不给他机会，一代帝王，唯有死，方可归还他坐拥的山河。他死在江南，为看一场琼花而死。

我所居住的城市，有古运河，亦有琼花。每次途经此地，站在千年古桥上，看沉静无语的运河之水，便会想起千里琼花路，想起隋炀帝。在我心里，他只是一个浪漫多情的君王，他不过想在属于自己的城池里，筑一个华丽的梦。

乱世多英雄，隋炀帝愿意分割自己的江山，拱手让人，只要他们不去惊扰他的梦。历史是残酷的，没有谁甘愿留下一个洁净的角落，让他饮酒纵乐。花事匆匆，人生亦如是，再美好的岁月有一天都要交还，这是定宿，无可更改。

《隋唐英雄传》里看过太多关于隋炀帝的故事，他皆为荒淫无度的昏君。而我心里的隋炀帝，不是残暴的君王，而是一个深情如水的男子。所幸，他葬于江都，倘若没有红颜相伴，亦有琼花，与他双宿双栖。

"一江春水向东流，国耻家仇何时休。叶枯花落春也去，梦断深宫恨悠悠。六宫粉黛红颜丑，帝王杯中江山瘦。运河千里琼花路，流尽黄金望孤舟。温柔软化了雄心，富贵断送了追求。只愿留下一弯冷月如钩，独钓千古愁。"

电视剧《隋唐演义》片头曲，毛阿敏深情亦悲凉的歌声，道尽千古悠悠之事。岁月更替，江山换主，今日我睹花感怀古人，明日又有谁见字思我？人生匆匆，像尘埃一样淡淡来去，不留痕迹。唯有运河之水，滔滔不尽；似雪琼花，年年春日如期绽放，不曾失约。

远别重逢

人世间有一种清光

如果能重新开始，那该多好——说下这句话的人，都已被青春抛得太远。人的一生，终究是有太多的憾缺，留下来的人，亦只剩下回忆。来世，若再相见，只作是远别重逢。

草木年华

　　都说春花明媚，春水温柔，春风多情，可我却在这花团锦簇的春日黄昏，寂寥得无所适从。暮色来得那么仓促，偶有行人走过昏淡的路灯下，皆是孤单的身影。来来去去，亦只是找寻一个栖身的归宿。

　　夜幕下的水，没有日光下的喧闹和粉尘，显得那么安静，那么单薄。白日里开得艳丽的花木，在清淡的月色下，竟生了几许孤独。院外长长的青石小径，绿草茵茵，一排洁白玉兰，开得热烈亦雅静。

　　想起张爱玲这样形容过玉兰："花园里养着呱呱追人啄人的大白鹅，唯一的树木是高大的白玉兰，开着极大的花，像污秽的白手帕，又像废纸，抛在那里，被遗忘了，大白花一年开到头。从来没有那样邋遢丧气的花。"

　　当真只有她，才能说出这样的话，写出这样的文字。那段时光，她被父亲禁锢在旧宅里，每日所能看到的只是有限的风景。玉兰本无辜，只是在错误的时间里，开在她的窗前。

我对玉兰，并未投注太多深刻的情感，但是那一树一树的玉兰花，亭亭玉立，美丽动人。我不曾有过张爱玲那样不凡的家世与经历，却懂得她的心情。对她的敬畏之心，有增无减。任何乏味的故事、简单的人生，到了她的笔下，都有了别样的风情。

而那个叫林徽因的民国才女，在人间四月天，看到的是百花娉婷，是爱，是暖，是希望。她是温情的，以春天的姿态，行走于民国乱世。无论遭遇怎样的际遇与变数，都让自己过得波澜不惊。

以往我对花木总生偏爱之心，如今只觉，万物之美，皆有其不可取代的美丽与风华。一棵隐藏在角落的小草，几丛潮湿的青苔，亦可以不经意地碰触你我柔软的内心。谁说草木无情，唯人有情？只是草木一生飘零无主，无法掌控自己的命运。它们顺应自然，在属于自己的季节里，离合荣枯。

原来，草木与人的心情和命运相关。花木温和慈悲，可寄情，养性，修心。古人修筑庭院，设凉亭，置假山，种植花木，亦是为了给枯燥的生活添几分雅趣。纵是寻常百姓、市井庸人，亦对花木有情。

高墙大院，寒舍柴门，但凡有庭院的人家，皆种植花木。花木的品种，因南北地域而定，亦随主人性情喜好。桃李梨杏是花中常客，梅兰竹菊为花中君子，挖池养莲，劈山栽松，皆为风雅之事。花木可解劳烦，消忧思，在无人问津的逆境里，唯花木相陪，朝暮不离。

我在窗台种了许多花草，书房、卧房、茶房亦摆上各种植物。它们应季而生，虽没有深深庭院，亦有日照和月光料理，倒也长得葱茏青翠。每当倦累之时，品茶赏花，心中苦闷瞬间烟消云散。有时候，为了等一朵花开，甘愿耗费许多珍贵的光阴。

清雅如兰，买来几株，移栽盆内，清芬宜人。兰枝叶修长，飘逸雅致，平日里总是洁净清淡，时生白色小花，素心悠远。兰虽高洁，却不娇贵，落于红尘万户，却不世故。何时何境，都是安静姿态，翠绿颜色，不改芳容。

绿萝枝叶繁盛，置于桌案，或垂于花架，适宜装点居室。废弃的粗陶罐、残缺的杯盏、老旧的竹筒，皆可以养上几株铜钱草，风味独特，添了意境。茉莉、栀子、白兰花，最为清雅，素洁白色，灵性十足。晨起时带着朝露，温润了一天的心情。黄昏时淡淡幽香拂过窗棂，惹人无限相思。

雏菊像是年少时的梦，它应该开在篱笆院落，或是山径野外，更有田园风情。每次看到白色小雏菊绽放，便想起幼时于山间湖畔采摘野菊的情景。野菊本是大自然无私的馈赠，一簇簇开满山坡，每每打柴或是浣衣归来，总不忘采上一大束，带至老宅，养于瓶中。那些闲静无声的岁月，在素菊淡淡的芬芳中远去了。

蜡梅花期短暂，唯有深冬，方能见其冷艳清影。茅屋赏雪，汲水煮茶，一个人在疏影素瓣中，静守清简的时光。水仙亦是女儿情怀，幽香绝尘，好似天外来客。寻几个雅致的青花瓷缸，将其养于水中，朝暮相处，孤芳自赏。

楼下的邻人，亦是爱花之雅士。修了庭院，筑假山，养池鱼，栽莲荷。花圃里，种上了各色花草，时常见他细心打理。我则有幸，只需做一个陌生的赏花人，在别人装扮的风景里，滋养自己的情怀。白日里看蔷薇攀附在竹篱上，夜晚听清风吹拂竹叶的声响。

在纷繁熙攘的城市，能够拥有一座小小庭院，一片属于自己的净土，当是满足。而我那座遍植花木的庭院，依旧只在梦里。亭台楼阁，水榭回廊，仿佛前世居住过，不然今生为何总会深情地想起。

又或许，我是那深宅大户里一名平凡的花匠。我的使命，只是守着一座园林，守着人间草木，料理它们的生命。草木年年如故，我已鬓发成雪，世事亦是几度沧海桑田。也许世人则因此认定了草木无情，无论你投注多少真心，它亦无法做到与你同生共死。

漫漫山河，悠悠沧海，此生可以陪你地久天长的，是时光，是草木。只是有一天，你远离尘寰，它们仍旧会存在于世间，守护你的魂灵。那些说好与你地老天荒的人，不知去了哪里，如同飘忽的往事，转瞬成空。

我明白了，花木不分贵贱，无论是养于高墙大院的名贵花木，还是长于山林野外的平凡草木，它们有着一样美丽的风姿，一样高贵的灵魂，一样怡人的情态。文章亦是如此，无须深邃的表达、巧妙的构思，亦无须华丽的文采，只随了心意，落笔自然从容。

焚香听雨，品茶赏花，屋内的兰，一如我的心情，清淡闲远。蜡梅落去繁华，长出新叶，来年它依旧冰骨无尘，我终平和姿态，落落情怀。只愿时光可以缓慢些，再缓慢些，让我有足够的年华，与人间草木，静守天长。

世间风物最长情，唯草木山石，知阴晴冷暖，解悲欢离合。得美玉，如遇前世的知音。一个人，在静夜里，煮一壶佳茗，与之深情对话。任凭过往沧海桑田，涉万水千山，此后我便是它的主人，与之共处红尘，朝暮相对。

《诗经》有云"言念君子，温其如玉"，又云"白茅纯束，有女如玉"。玉如君子，亦为美人，温润有德，秀丽灵气。美玉的前身其实并不美，它原本只是一块石子，历千万年岁月冲洗，经世人雕琢，方有了神韵和光泽，滋养了众生，亦被众生滋养。

《红楼梦》里贾宝玉佩戴的那块通灵宝玉，原本是女娲弃于青埂峰的一块顽石，因无才补天，后自身修炼，通了灵性，方落入人间，于红尘中演绎一场爱恨。这块美玉，在温柔富贵乡里游戏十余载，尝历千般幻灭，终决意飘然离去，赤条条来去无牵挂。

都说每块玉石，皆系着一段前缘。通灵宝玉曾幻化人形四处游玩，被警幻仙子封为赤霞宫神瑛侍者，在西方灵河岸与绛珠草结下木石前盟。再后来各自转世为人，同住在大观园内，他在怡红院里终日嬉乐，她于潇湘馆内情思绵绵。

为这块美玉，林黛玉不知流过多少眼泪，她始信美玉须有金锁相配，可偏偏拥有金锁的人是薛宝钗。若说无缘，为何与他一见如故，整日为他魂牵梦萦。若说有缘，为何她素然一身，只是草木之人，无一物可与美玉相配。多少次，他为她摔玉，以表真心，许下诺言，为证前盟。

到后来，没有谁负了谁，他们都挣脱不了已定的宿命。眼泪还清之时，便是离别之日。她焚稿断痴，魂归离恨天；他亦曾经沧海难为水，别过富贵，再不生眷恋之心。空留下，一片黄金锁，为一段虚无的姻缘，痴留红尘，碌碌无脱。

宝玉曾说："我想这个人，生他做什么！天地间没有了我，倒也干净！"黛玉却回道："原是有了我，便有了人；有了人，便有无数的烦恼生出来：恐怖，颠倒，梦想，更有许多缠碍。"

心有碍，故生烦恼。玉石本洁净之物，自在于山水之间，散漫于日月之下，不与凡尘俗子、脂粉往来，却被众生无端牵挂，带入俗世，虽有性灵，却生情缘。玉石有情，有情则生爱憎之心，有悲欢之意，遇离合之事。既是来到人间，便遵循世间法则，赏春花秋月，亦对主人信诺守约。

人与美玉，有着不可言说的情缘。一块美玉，或许几经辗转，邂逅许多主人，但最终它只会归于一人，与之西窗夜话，生死相依。亦有些古玉，历朝代更迭，山河徙转，途经数代人的倾城时光，到最后亦寻不到真正的归宿。

人有宿命，玉石亦如是。你此生走过水复山重的光阴，只是为了觅得一个知己，玉石天涯沦落，亦只是为了遇见它的主人。岁月无情，不会给你足够的时间，让你安然等待。有时候缘分稍纵即逝，一个短暂的停留，一个不经意的犹豫，便让你错失机遇。

我自问是清淡之人，可对玉石，对草木，却情深意长。最爱闲逸简净时光，一盏茶，于午后阳光下，一个人看着窗外繁盛的花木，握一块温润美玉，内心柔软而安宁。一块小小玉石，可以修养性情，消解烦闷，世间一切恩怨纷扰，亦可冰释前嫌。

玉石有贵贱之分，而与你结缘、让你牵肠挂肚的，未必是最尊贵、最珍稀的。就如同你所喜爱的那个人，未必是最美好、最可爱的人。有一种缘分叫情有独钟，有一种遇见叫不离不弃。你今朝珍惜并懂得一块美玉，来日亦会呵护与你携手共度岁月的人。

你也许一生只爱一个人，却会痴迷许多种玉，爱上许多草木，品尝许多的茶。然对珍爱之物，亦无分别之心，每块玉石，皆会碰触你内心的感动，后来便生了情感，有了故事。也许你无法承诺它地久天长，只在有限的生命里，珍爱它，一如珍爱自己。

在我幼年时，外婆曾给过我一枚平安扣，洁白温润，我亦不知这玉的来由。她本富家小姐，金玉于她年少时，不算稀罕之物。后经乱世，千金散尽，唯留几件随身物品，算是对过往的见证。外婆把心爱之物赠予了我，是对我的喜爱，亦是信任。

外婆竟不知，她所托非人，仅几个春秋，那枚平安扣便碎了。或许是我与之缘分薄浅，如今想来，亦只是淡淡惋惜，无多留恋。有时候，残缺亦是一种美丽，它会让我在琳琅满目的饰物中时常怀念。而那些相伴身边的玉石，有一天，亦会因为新宠而被冷落。并非人无情，而是真心只有那么多，有时美好的瞬间，即是永远。

岁月山河，多少悲喜聚散，付与匆匆流光。到最后，真正能留下的，又有些什么？有一天，自己许过什么诺言都将被遗忘，或许余下那么几件玉石，来拾取昨天的记忆，找寻有梦的曾经。

　　三生石畔，多少来来往往的人，有重逢的愉悦，有错过的无奈；有等待的情深，亦有转身的漠然。一旦离去，从此人世沧海，渺渺茫茫，再续前缘又不知是哪一世人间、何处人家。那一块三生石，静静地痴盼，亦不知是在等候哪个归人，信守谁的盟约。

　　如若有幸遇见真心喜爱的人、喜爱的玉石，便值得为之托付真心，交付最美的时光。这种心灵相通的默契、死生相共的情感，无须言语，只一个眼神，便可会心解读一切。与其费那么多时间去争执、猜疑、怨憎，莫若择一块美玉，感受它的清凉与无争。

　　梦里烟云几度，山水终有重逢。若我是你前世错过的那个人，今生有缘相见，莫要再次匆匆擦肩。世海浮沉，你我划着孤舟，于千里烟波，如何追寻彼此影踪？

　　世间风物最长情，有草木、山石，还有人心。倘若今生你觅不得我，我寻不到你，还有一块美玉、一株草木，伴你风流岁序，共我明月情长。

江南的雨

　　江南多雨，近日来，总是夜雨敲窗，淅淅沥沥落到天明。醒来后，窗外的石径、树木皆落满了细碎的阳光，仿佛昨夜枕雨入眠，都是梦境。江南的雨，是情思，是恩宠；是诗意，也是闲愁。

　　雨是前世的情结，是今生割舍不了的牵挂。在江南，听雨本为寻常事，纵是百姓人家，亦有听雨的雅趣和闲情。房檐回廊边，黛瓦小窗下，几人相聚，盛了阶前的雨水，用朴素的茶具，盘膝而坐，畅饮闲茶。

　　春日江南，细雨霏霏，像是一幅轻描淡写的水墨画，素净简洁。烟雾萦绕了整个村庄，房舍人家皆在水雾里，连绵远山亦看不到尽头。最入情境的，当是那搁浅的小舟，在绿荫垂柳下，寂寞无言。还有披蓑戴笠的老翁，坐于湖岸烟波，垂钓一湖的春水。

这就是江南的雨：在文人眼中，雨诗意浪漫，可入诗成词；在农夫眼里，雨温润甘甜，滋养田野草木；在情人眼中，雨柔情缠绵，供他们西窗夜话。细雨中，撑伞漫步，或是野径闲游，又或是廊下独坐，皆是风景，美得让人心碎。

江南的雨，有时一下便是一月有余，烟雨迷蒙，无有尽意。院子里长满浓郁的青苔，石阶小巷，皆是茵茵绿草。屋子里弥漫着潮湿的气息，珍藏的书卷亦泛着陈味，不忍翻读。可我竟迷恋这样的气息，像是被时光封存的味道，有一种久违的亲切之感。

下雨天，滋长着闲情。搁下了素日里忙碌的琐事，闲居家中，喝茶读书。或与家人聚于厅堂，烹制美食，打发雨中寥长的光阴。收拾屋舍，梳洗心情，在明净的轩窗下听雨。擦拭落尘的古琴，焚香试弹一曲，只有自己听得懂的弦音。

"欲将心事付瑶琴，知音少，弦断有谁听？"当年岳飞感叹世间知音少，万千心事，付与瑶琴。他一生为了大好山河，将自己置身于刀光剑影中，历经数百次战役，所向披靡。然三十年功名尘与土，亦只是白了少年头，空悲切。

漫漫人生，有时候一个人入境，无需知音，亦能感动自己。乱世红尘，多少人为了名利迷失方向。有一天拥有了雕梁画栋的屋舍，得到满箱金银，内心却怅惘难言。灵魂的空虚，用世间任何华丽的饰物，都无法将之填满。

不如归去，将情感投注在心灵的客栈，一个人听雨，一个人做梦。掩上门扉，任凭窗外风雨飘摇，只守着那片刻的安稳和宁静。寂寞的时候，可以清澈地看到自己的内心，没有纷扰和迷乱，亦无恐惧和愁烦。

再读《二十四诗品》，最爱的还是《典雅》："玉壶买春，赏雨茅屋，坐中佳士，左右修竹。白云初晴，幽鸟相逐，眠琴绿阴，上有飞瀑。落花无言，人淡如菊，书之岁华，其曰可读。"

古人情怀高雅，竟可以在繁芜的世俗中，将乏味的日子过到如此典雅境界。提着玉壶载酒游春，于茅屋赏雨自娱。大自然一切草木，都应了景，成了诗料，便有了锦绣文章。淡泊人生，寂静与孤独亦是美丽。静静地，一夜的雨，看一树花开了，一树花又落了。

"小楼一夜听春雨，深巷明朝卖杏花。"乌衣长巷，石桥小舟，仿佛成了远古的风景。在江南，仍保存许多这样的古迹，深巷人家，留下了一些不肯迁徙的老人。他们深居简出的朴素生活，一如当年的风味。平日里守着古老的宅院旧巷，种些花木，闲听雨声，就那样慢慢老去。

　　江南的小巷，卖的多半是白兰花和茉莉。暮春夜雨，次日晴好，一些老妪手提花篮，在街巷叫卖。每逢路过，总会买上几枝，别在衣襟，或戴于手腕，清雅芬芳。洁净的石板路上，因了夜雨的冲洗，越发光亮。那么多的过客匆匆来去，石板路并不记得谁曾来过，谁又走了。而走过的人，却无法将它遗忘。

　　记得多年前，我居住的小镇亦是多风多雨。小镇有一条洁净的河流，长长地绕过整条街巷。下雨的夜晚，我斜躺在摇椅上，点烛读"红楼"，雨打芭蕉的声响更添几许意境。那时年少，总觉时光可以任意虚度，尤其在那些漫长潮湿的雨季里，年华亦好像随之停驻。

　　古老的小镇没有太多的生人，亦不必担心会被时间追赶。淅淅沥沥的春雨，流过瓦当，落在檐下，在青石的缝隙里，长出美丽的草木。那些有情的雨季，终究还是过去了，只有在梦里，才能感受到其遗留的淡淡温柔。

　　这几年，那多雨的小镇，竟是流淌成灾。大雨冲垮了家园，亦冲走了许多人对雨的缠绵情结。他们期待着春雨的到来，可以滋润万物；更惧怕雨的无情，不知哪一天，那汹涌的雨水会再度席卷，带来更大的灾难。

　　许多人迁离了原本平和安静的小镇，我的父母亦去往县城。多年前以为永远不会与之道别的故土，终究还是离开了。人世间多少事，随了时光慢慢转变。你想要坚守那个纯净的梦，但是梦会被惊醒，就如同那漫长的梅雨之季，亦会有阳光潋滟的那一天。

阳光亦是美好的，它可以将每一个潮湿的角落照亮，牵引那些迷惘的路人，找寻安稳的归宿。而我多希望自己还是那个楼台听雨的少女，连忧伤都是美丽明净的。然后想象自己是"红楼"里的某个女子，在花柳繁华的大观园里，再也走不出来。

杏花烟雨的江南，永远都是收藏灵魂的地方。许多人背着行囊，只为了来看江南的一场烟雨，在雨巷，结识一个有着丁香愁怨的姑娘。抑或是独自划一叶小舟，将绿柳桃红的风景看遍。

多年前，有称骨算命的相士，说我此生虽有才情，却终是寒灯孤影。看来人真有宿命一说，我所喜爱的皆是雅静、清淡事物，寂寞长伴，亦属寻常。

"回首向来萧瑟处，归去，也无风雨也无晴。"想来东坡居士亦是看过人生百态，内心方如此淡定从容。而我再无归意，只想守着江南的一窗春色、一帘烟雨，安静地过下去。

立春花事

近日读《菜根谭》，只觉内心清澈，明净如水。秋去春来，时光流转已有三十余载，又见绿柳依依，梅花繁闹。旧日山河、烟火人间还是最初模样，而我们又何曾还是当年的自己？

"千载奇逢，无如好书良友；一生清福，只在碗茗炉烟。"一个人静坐轩窗下，煮茗读书，素布简衣，沉静亦风流。入了情境，亦无有急景凋年之感，只觉云深日长，春梦悠闲。竹风溪水各有心事，烟雨梅花两无猜嫌。

"阶下几点飞翠落红，收拾来无非诗料；窗前一片浮青映白，悟入处尽是禅机。"迷幻的世事，像一卷不易解读的经文。有些人用半盏茶的时光就悟了，有些人用一生的岁月，亦无法参透其间的禅机。

那一片闲逸踱步的云，好似迷了路，不知该去往哪里。几只鸟雀，栖于林中新绿，早已忘记昨日寄身于谁家的屋檐。庭前的烟雨，淅淅沥沥下着，萦绕的水雾，看不清房舍人家、石桥小舟。

那时乡村，立春后，柴门旧巷芳菲次第，门庭小院绿芜深深。樵夫林径担柴，浣女溪畔濯足，白叟江岸垂钓，黄童骑牛吹笛。山河青翠，燕去燕回，道不尽沧桑兴亡，然爱恨情仇皆已远去，留下明月清风，不肯醒转。

如今，昨日平淡的过往，有如戏文里的故事，朴素美丽，遥不可及。梦里流光，缓慢地行走，那些个桃红柳绿的春天，分明还在，迟迟不舍落尽。有的人，今生的序幕已经结束，有的人，故事才刚刚开始。

外婆去世之后，再也不能陪我檐下廊前听雨，不能陪我赏阅春光花事，就连坛子里的青梅佳酿，亦少了当年的味道。依稀记得跟外婆有过约定，而今亦只能在梦里听到与她相关的音讯。

那个清晨，与母亲携手去竹源外婆家，初春的乡径已有新翠。村口那棵百年老梨树，洁白似雪，倚着巍巍青山，像是画里的风景。母亲梳了光洁的辫子，穿着斜襟的花薄袄，虽为寻常村妇，亦是沉静风流。

远处翠竹依依，池塘野鸭戏水，岸边桃柳抽芽。竹源只是偏安一隅的小小村落，几十户人家，相似的黛瓦白墙，隐于青山绿水间，恍若渊明笔下的世外桃源。这里祖祖辈辈皆为农人，守着几亩薄田、数座竹山、几顷茶园，与外界相安无事地共度春秋。

外婆在庭院剥着新笋，陈旧的小竹椅，像她手腕上的珠串，有了些年岁。竹竿上挂满了腊味、咸鱼，竹匾里晒了一些不知名的野菜。我把路边采摘的迎春，装入粗陶罐，搁于桌案，堂前老式家具，亦有了春意。

外婆留宿，我与母亲正中下怀。夜饭多半是山珍野味，席上外公的酒香，弥漫了整个乡村。春日的斜阳不生悲意，晚风拂过山峦，寂静清凉。饭后，或于后山踏月漫步，或邀了邻舍，聚集庭院品茶闲话。

若遇着村里戏班子里的人起了兴致，便顿时锣鼓喧天，伶人穿了戏服粉墨登场。我亦喜爱热闹，随着大人坐于戏台下，听着那些美妙却不懂的戏文。那时父母年轻康健，亲人护佑，我只是个不谙世事的小小女孩，只盼明月春花常在，不诉离觞。

多年后，方知道戏文里的词句妙不可言。"原来姹紫嫣红开遍，似这般都付与断井颓垣。良辰美景奈何天，赏心乐事谁家院？朝飞暮卷，云霞翠轩；雨丝风片，烟波画船。锦屏人忒看的这韶光贱！"

《牡丹亭》的作者汤显祖，与我同为临川人氏，可见世间际遇，皆有前因。再后来，我来到江南，与昆曲有了深刻的相逢。在风花雪月的江南园林，听一段昆曲，逶迤华美，曼妙多情。

昆曲，有如江南园林春日里，那一朵典雅脱俗的幽兰，绰约风姿，醉人心魄。江南的花事，亦与旧时民间不同。许多花草，移栽盆内，设于亭台楼阁，被精心料理，到底多了几分高贵和端庄。

司空图《二十四诗品》之《典雅》写道："玉壶买春，赏雨茅屋，坐中佳士，左右修竹。白云初晴，幽鸟相逐，眠琴绿阴，上有飞瀑。落花无言，人淡如菊，书之岁华，其曰可读。"

此番闲雅情趣，皆为江南风流景致，我亦寻了一处雅舍，做了那个倚楼听戏、临池赏花的闲人。每日焚香喝茶，种兰植梅，市井繁华慢慢关于门外。旧日里古老的村庄、寻常人家，已是隔了山长水远，不易重逢。

而我总会在某个繁花疏落的午后、日暮西斜的黄昏，偶然想起某个久远的故人，内心有种难以言状的柔情与清凉。生命里过客匆匆，有些人，或许多年后还会在桥头巷陌重逢，不言语，只一个眼神便擦身而过；有些人，扫落于尘埃深处，此生不复与见。

梦里故园的那株老梨树，繁花似雪，璀璨如烟。外婆立于村口，素布蓝衫，等候我与母亲的归来。春日里，百草茵茵，山风溪水亦是明净清澈。村里人家的屋瓦上，飘散着漫漫炊烟。驿外断桥边，几树野梅，悄然绽放，忘了年岁。

我爱极了这样的烟火红尘，江山有序，盛世清宁。万物秉承着它们的规律，有来有往，起落随意。流年匆匆，无论你官宦百姓、富贵贫贱，皆不问名姓。这世间或许有许多事不遂人愿，于人待物，有分别心。唯时光公证，不偏不倚，不计爱恨，那么从容坚定，有情亦无情。

逝者已矣，生者又隔了几程山水，这场春日盛宴，唯留自己。一个人，以花佐酒，蘸茶为墨，试填一首《金缕曲》，新词旧韵，一如往昔滋味。

> 岁月无痕迹。忆当年，柴门老巷，杏花烟雨。黛瓦青墙如梦境，百姓人家故里。依旧是，寻常滋味。水色晴光皆言语，似这般，小舟江湖去。明月落，竹窗底。
> 千回百转从何寄。看人间，阴晴冷暖，离合悲喜。多少新词成旧韵，伤感唯别而已。守住了，初时自己。梅谢梅开今几度，此一生，不过浮萍聚。陌上客，我和你。

陌上客，我和你。

远别重逢

春日繁盛，万物皆醒，人世间最风雅亦最深情的，则是这个季节。江南万紫千红，烟水迷离，任意一个寻常的角落，亦可寻见春色，亦是深红浅翠。这个季节，适合与某座城市重逢，与远别的故人叙旧，与前世的自己相认。

人间四月，锦绣如织的季节，亦是喝茶最美的时日。品茶都说春水秋韵，春天的茶水清新自然，没有任何杂陈，像是深山里的清泉，又如花瓣中的晨露，洁净清甜；而秋茶有如一个知晓世事的雅士，又似一位万种风情的佳人，沉静有韵味。

友人许多，茶伴难寻。喝茶令人心静，明心见性，亦抵尘梦。一个人，于某个下雨的午后，取一撮新茶置于杯盏，注入沸水，看一片片绿叶渐次舒展，经几度浮沉，呈碧色茶汤，方成一盏赏心悦目、清香怡人的佳茗。

　　茶乃沉静之水，落云雾之间，取天地精魂，可解人生，悟禅意。一盏清茶，伴随满室书香，还有雨后窗台草木清新的香味。心事如洗，世俗的名利烦恼皆在一盏茶水中静止，纷繁往事无影亦无痕。

　　自古写茶名篇甚多，我所难忘的则是周作人的《喝茶》："喝茶当于瓦屋纸窗之下，清泉绿茶，用素雅的陶瓷茶具，同二三人共饮，得半日之闲，可抵十年的尘梦。"

　　还有沈三白在《浮生六记》的"闲情记趣"篇，写与其妻芸的闺房趣事："夏月荷花初开时，晚含而晓放。芸用小纱囊撮茶叶少许，置花心。明早取出，烹天泉水泡之，香韵尤绝。"

　　茶可醉人，亦可修心。茶贵在其清，似一泓春水，将碌碌凡尘洗净，得半日之闲。"松风竹炉，提壶相呼"是古时文人雅士喝茶的情调与意境。松林雅集，竹炉煮水，席地品茗，茶香诗情令时光亦悠闲缓慢，忘记流转。

　　"且将新火试新茶，诗酒趁年华"是东坡居士饮茶的闲情逸致，亦是他的浪漫情怀。苏轼可谓才高风流，佳人常伴，遍游山河，不负此生。他先有王弗对他情深意笃，恩深似海，后有王闰之与他同甘共苦，老时又有红颜知己王朝云相伴。朝云病逝，东坡居士再无心情爱，便一直独居，与诗词香茗为伴。

"从来佳茗似佳人"，一壶好茶，宛若秋水佳人，风姿绰约，清丽绝尘。明窗净几，青瓷紫砂，竹炉陶罐，汲泉试茶，细斟慢饮，方品出其间真味，亦可品出清欢。几盏饮尽，洗去尘劳，内心澄澈，清香隽永。我亦成了那位素手煮茶的佳人，在明净的茶汤中，看到自己的前世今生。

与茶的缘分，如同和人的缘分，缘深缘浅，皆在碗茗炉烟。一片绿叶，看似平凡，品之亦是清淡，却韵味无边，始终无法忘怀。有些人，素日里淡淡相处，交集甚少，可无论过去多少年，重逢时一如初见，还是当年滋味。

庄子云："君子之交淡如水。"假如只是水，未免太寡淡无味。若这是一盏茶水，微涩清甜，洁净闲逸，是否多一些妙趣和遐思。遇见一盏适合自己的茶，或遇见一个可以宽容自己的人，都是缘分，是幸运。

此一生，若流云一样飘浮不定，来来去去，遇到一些人，又遗忘一些人。到最后，能记起的只是寥落的几个，余下的都散落在岁月的尘埃里。那些曾经执手、有过诺言的人，反而不得久长，而平日若即若离的人，多年以后，却依然可以找寻到他的踪迹。

一如茶，往日觉得再难遗忘的醇厚味道，后来亦生了疏离之心。

反倒是那些觉得清淡的茶汤，总会在心中百转千回，不能割舍。草木有情，只是不能言语，不能如人这般，与喜爱之人诉说衷肠。众生总是轻易地许下承诺，又匆匆地删去过往的记忆。

人的一生很长，所有的故事，像那一册册无法诠释的经文；人的一生很短，所有的悲喜，只在一壶简洁的清茶中。我们都只是这浮世中的过客，得到的和失去的，皆不能自主。缘分的河流，也许会让真心相待的人地老天荒，也许会让他们各自从容飘荡，不知归处。

我始终相信，聚散离合皆有定数。看惯风云世事，人生删繁去简、返璞归真方是真味。有一天，随意采摘老树上的鲜叶，用粗陶旧罐喝茶，写行云流水的文字，交淡如清风的知己，或许这就是我一直追寻的情境。

沈从文说："我行过许多地方的桥，看过许多次数的云，喝过许多种类的酒，却只爱过一个正当最好年龄的人。"也许每个人，都有过这样的历程和情怀，只是被仓促的时光，慢慢搁浅了。云水过往总是有情，许多的故事，终究被遗忘在不为人知的角落，连回忆都模糊不清。

做一个庸常寡淡的人，莫如做一壶倾倒众生的茶，任何境况，都有不可言说的闲雅和风情。从浓郁到清淡，由激滟到沉静，短暂的瞬间，却是一生难忘。后来，在茶的光阴里浸泡得太久，竟忘了自己的来路，亦忘了归途。对人和事，再无分别心，日子悄然而过，无须与谁道说对错，倾诉爱恨。

陆羽的《茶经》，让几片绿叶、一壶佳茗成了风尚。读过诗书万卷，行罢大江南北，尝遍千江之水，亦不过是和人间草木久别重逢。一盏寻常的茶，可以让内心清醒，却不是所有的人，都可以走出内心的荒芜，找到往昔的故人。

贾宝玉曾写过一首《寄生草》："无我原非你，从他不解伊。肆行无碍凭来去。茫茫着甚悲愁喜？纷纷说甚亲疏密？从前碌碌却因何？到如今，回头试想真无趣！"宝钗说其悟了，又说这些道书禅机最能移性。宝玉的悟，终究还是牵系着他与黛玉的那段木石前盟。

想当初，宝黛初见时，宝玉说过那么一句话："这个妹妹我曾见过的。"贾母笑他胡说，他回道："虽然未曾见过他，然我看着面善，心里就算是旧相识，今日只作远别重逢，亦未为不可。"原来世间所有相遇，都是远别重逢，他和黛玉本前世有约，今生方有一段未了情缘。

林黛玉常说自己是草木之人，她的前生就是三生石畔的绛珠草。草木有情，奈何造化弄人，他们之间的缘分也就那么多，行至尽头则不可挽回。人有生死，草木有荣枯，一生的光阴，说过去便过去了，回首皆是怅然。

如果能重新开始，那该多好——说下这句话的人，都已被青春抛得太远。人的一生，终究是有太多的憾缺，留下来的人，亦只剩下回忆。来世，若再相见，只作是远别重逢。

慢火煎茶

人世间有一种清光

每日闲茶一盏，喝到不知白昼，不问世情。

其实，人生若有了依托，无论此生逢怎样的遭遇，亦不会有太多的动荡和惊慌。这样的依托，或许是尘世间的伴侣，或许只是一株草木、一部戏曲，抑或是一盏好茶。

落梅茶记

世事如茶，明澈清静，多少迷离万象，都会有水落石出的那一天。

梅花长在驿外断桥边，茶树植于云崖山巅，众生芸芸，凡来尘往，都有自己的使命。茶的使命，是将繁复给自己，将宁静给别人。

这壶茶，恰似人生，从简至繁，再删繁存简。有时，我怪怨这壶茶，让人喝得太清醒，清醒得无所适从，却始终放不下杯盏。

人生之事，其实很简单。过早悟懂人事，徒添悲凉。提前预知结局，又太无趣。多少触目惊心的风景，也只是云烟一场，与你擦过肩。那些有情的光阴，明明已经倦怠了，是谁迟迟不愿放手。

岁月美好又匆急，怎么忍心伤害。往日的情节，或聚或散，或悲或喜，飘忽而过，淡了痕迹。铅华洗尽，沉静下来的，还是一盏茶。清风碧水，波澜不惊，走过秦汉，流经唐宋，又沾染不了沧桑，什么故事都没有。

我，还在江南，在梅庄。红尘深处，凡人堆里，守着一柜的茶，一庭的花，和一炉清闲无事的烟。檐下听雨，窗下煮茶，月下坐禅，再留一点时光，将不相关的片段，扫落尘埃。

那些不辞万里，跋山涉水奔赴你的人，还会离去，连背影都无意留下。世间情意，如喝淡的茶，再品无味。万般放不下，亦割舍了，灾劫已过，人世自然平静。

今朝，我和茶耳鬓厮磨，相看两欢。明日，我与它水复山重，寂静相忘。

窗下煮茶，平静欢喜

喜爱喝茶，是因了茶的洁净清好。细嫩的芽，被沸水冲洗，似霁月风光，如调琴瑟。茶只是寻常草木，却无论晴雨晨昏，都那般清净，不见忧色。经历无数世事变迁，于任何人，茶都无分别心，给人以明澈，以清醒。

小时候，于茶山采茶、池塘摘莲、竹林拔笋，看花是花，见水是水。柴门小院，淡饭粗茶，以及村里村外的人，我皆觉得是好的，与我相亲。那时，我亦如出尘的莲花，不染俗世，除了父母之恩，不相欠于任何人。

茶的缘分，无恩怨，无缠烦，来者由心，去者随意，如此清淡则免去许多烦琐与挂碍。以后的日子，我在人世，就如这盏妙意自然的茶，散淡宁静，凡是情感，都是多余，任何故事，皆可省略。

我如茶，你亦如是。

九华山禅茶

九华山脉，云雾之巅，有一种茶树，没有由来，没有名字，亦不知年岁，实属山野之茶。九华山，东南第一山，佛国胜境，这里的草木沾染了性灵，这里的茶树亦有禅意。

涉江而过，跋山而行，采茶女戴笠背篓，辛勤采摘。归去时溪水声喧，门庭月色明净，碧绿的青叶铺于竹匾，清风吹晒，次日用幽火炒之。

后来，觉得人间最美的风景，都在山野凡间。比如此刻，于山栀子洁白的花影下，泡一壶野茶，乡野气息沁心怡然，瞬间烦恼尽消。

让你如临深山，于云烟雾绕之境，感受人世的清雅静美、岁月的朴实无华。

最喜山村的茶烟日色，好时光迢递千年，而属于我们的，却是短短数载光阴。燕子年年来堂前筑巢；江南多雨，瓦檐上始终那般洁净；墙院的新竹，总有魏晋风骨，让人流连。日子俭约，廉洁清好，燕语虫鸣，亦是天然妙韵，惊动人心。

《诗经》里有"静女其姝"，外婆在茉莉花下，穿针引线，便是那里的静女凡妇。外公读《史记》《易经》，也知晓书中的世运天数不可逆转。他同我这般，更喜唐宋的诗风词雨，知礼又不拘泥，华丽又不轻薄，婉转又不柔弱。他案前读书，她窗下煮茶，他们之间的情意，一如那盏野茶，平静欢喜。

与野茶邂逅，亦是缘分。简约的细芽，没有名茶的饱满精致，却散发着古拙的乡野之气。沸水煮泡，亦是青翠曼妙，香味比之寻常佳茗，更是深浓有韵。这是一壶野茶，也是一盏禅茶，含日月风露，淡泊俭约。

今日，将此茶寄予有缘的你，愿今后的岁月，如茶安稳绵长，清和相悦。

芸娘茶

我知道，盛夏会如约而至，有关莲荷的消息，无须问询，她会在某个清凉夜月，悄然绽放，徐徐缓缓。

芸娘，《浮生六记》里沈复的妻子。林语堂先生曾说，芸娘是中国文学上一个最可爱的女人。芸虽为旧式女子，却灵秀天然，聪慧温婉，万千纷繁不落她身。

芸娘与沈复恩爱情长，共游太湖烟波，看沧浪亭风光，千顷云百态，当是无悔今生。闲时，他们剪裁盆树，堆石砌景，野外沽酒，西窗夜话。后迁居姑苏城外仓米巷，栽菊修篱，纸窗竹榻，亦觉幽趣。芸说："布衣菜饭，可乐终身，不必作远游计也。"

芸存冰雪之质，怀草木之心，世间万物与她相亲，为她所用。静室焚香，雅趣天然。"芸尝以沉速等香，于饭镬蒸透，在炉上设一铜丝架，离火半寸许，徐徐烘之，其香幽韵而无烟。"

窗下煮茶，妙意不尽。"夏月荷花初开时，晚含而晓放。芸用小纱囊撮茶叶少许，置花心。明早取出，烹天泉水泡之，香韵尤绝。"

芸娘的茶，仿若一位南国佳人，携一身水墨，温柔恬淡，委婉沉静。若配上姑苏碧螺春、太湖翠竹、西湖龙井，又或是山林野茶，更是别有天韵，清芬怡人。饮罢，自有一种岁序清宁、光阴绵长之感。

世间所有的因缘际遇，其实都不是巧合，在我们未知的时间里，早已有了安排。一支珠钗，一枚翠镯，一首词赋，一盏清茗，乃至万物中任何一种生灵，皆寄存情意，收藏妙心。

何其有幸，与芸娘茶相逢于江南梅庄。这座古城永远带着水乡的气息、深浓的绿意。愿你我结缘，取一小撮芸娘茶，烹天泉水泡之，红尘把盏，香韵尤绝。一小段时光，足以远离人世忧患，清好如初。

人生至简，我们当学会离舍，懂得放下。若可以，做一个像芸娘这般的女子，在乡间小院刺绣缝衫，于纸窗竹榻温酒煮茗，婉约静美，仿若莲花之身，朴素又惊艳。

更如芸娘所说，布衣菜饭，一生欢喜，不必远游，又怎管物转星移，天地浩荡。

洞庭碧螺春

隐居江南十余载，熟识姑苏风物人情。近日读《浮生六记》，一字一风情，一物一性灵。于文，和沈三白心意相通；于茶，与芸娘亦为灵魂知己。

碧螺春，久负盛名，产于洞庭山，染太湖烟雨清风，深得江南恬淡雅韵。《随见录》载："洞庭山有茶，微似芥而细，味甚甘香，俗呼为'吓煞人'。"

一级碧螺春，一芽一叶，茶叶条索纤细灵巧，白毫显露，色泽银绿，翠碧诱人，卷曲成螺。

沸水冲泡后，幼芽舒展，白云翻涌，青翠含烟，香气通灵，韵味绵长。

草木本无意，只因烹茶品茶之人的蕙质兰心，而增其文雅气质，使之温柔情深。

饮一壶春色，消解尘虑。
盛半两清风，慢煮流年。

太湖翠竹

她是隐身太湖的佳人，烟水相伴，清洁美好。

她与我，有过一段不期的相逢。我不曾为她而来，她亦并非为我守候，却一见倾心，相见如故。

世上多少情缘，不要因由，遇见了便是一生。那一盏绿叶，便是我前世的记忆，无论见与不见，都在那里。

一春一景，一水一韵。翠竹，似竹的纤细挺拔，饱满青翠，姿态分明，有些独芽，有些一芽一叶。

冲泡后，若竹叶亭亭，竹立群山。汤色明亮，香气淡雅，有竹的清新，温柔含蓄。宛如《诗经》里的静女，婉兮清扬，又似唐宋时的雅士，丰神俊朗。

草木通灵，有情有义。择江南一庭院，品一壶春景，赏一段春光，多少事，就这样过去了。

龙井茶

若非西湖的灵山秀水滋养，断然不会有这般芽叶。若非临安的风物人情，亦不会有此等风华和底蕴。

龙井，起源于唐朝，盛行于宋朝。明嘉靖年间，有"杭郡诸茶，总不及龙井之产，而雨前细芽，取其一旗一枪，尤为珍品"的记载。

龙井，茶扁平光滑，温润挺直。色泽翠绿，形态优美，香气清高，滋味甘醇。龙井，更像一位隐者，神采翩然，气质脱俗。淡而远，香而清，几多疏广，几多雅逸，又几多风流。

爱茶之人虞集有句："徘徊龙井上，云气起晴画。……烹煎黄金芽，不取谷雨后。同来二三子，三咽不忍漱。"

采茶，不可错过良辰佳节，待茶叶细嫩之时采摘，一刻千金。

品茶，亦不可误了时日。每年人间四月天，我都要去往杭州灵隐寺，坐于竹林石几，喝上一壶新茶，如此方不负春光。

寺院禅音轻绕，隔绝一切尘世喧烦。杯盏中的茶，亦有了禅意，有了境界。这盏佳茗，帝王将相品过，才子佳人品过，市井小民也品过。苏小小喜之，林和靖爱之，东坡居士亦对之情深。

人世间有太多的来去聚散、荣辱悲喜，它始终一种姿态，不惧不忧，温润清澈。

这样多好，前世今生，都在西子湖畔，千秋百代，都是茶。

碧潭飘雪

她是茶，亦是花，而且是我喜爱的茉莉。绿色纤姿，一袭雪白，淡雅轻灵，仙气逼人。

从来佳茗似佳人，碧潭飘雪，想必便是那若佳人的佳茗。

她仙居峨眉山，染云雾，听禅音，自与寻常草木不同。步凡尘，落入百姓的杯盏，亦被无数清贵雅士所喜。世间的冷暖圆缺、悲欢离合与之无关，她只做一盏茶。

早春的嫩芽，青翠可人，配着洁白的茉莉，相知相安。茶香的清雅，花香的馥郁，完美地相融，未沾唇即已醉。

据说，采花时间须在晴日午后，择晶莹雪白的含苞蓓蕾。赶在开放前采摘，可使花叶鲜嫩，香韵不绝。

这盏茶，清澈美好，似一场早春的雪，不沾一点烟火气。杯盏中，茶形如翠柳之姿，水面白雪漂浮，清香漫溢，经久不息。

赠予佳人，赠予知己，或独自泡一碗盏，荣枯随意，兴亡由它。

南国初雪

这一场南国的初雪，不约而至。从午后到夜晚，那么漫不经心地飘飞，轻灵、柔美、温婉亦洁净。

夜色深沉，独自坐于闲窗下，烹火煎茶，汲水插梅。林荫小径已无行人，昏黄的路灯下，唯见絮雪漫舞，轻柔似烟。树影迷离，小桥积雪，隐约可见几树傲雪的梅，风情又潇洒地开在苍劲的枝头，繁盛而凄美。

一个人的庭院，一个人的风景，别致而安逸，寂寥亦宁和。唐人白居易有诗吟："绿蚁新醅酒，红泥小火炉。晚来天欲雪，能饮一杯无？"醉了之后，焚香抚琴，曲水流觞，惊鸿见月。

案几上，蜡梅的风姿安适恬静，淡淡幽香溢满室内。白日里一切纷扰，皆随这场初雪悄悄落幕。茶香萦绕，瓶花不绝，是我穷尽一生追寻的生活。如今天遂人愿，亦不可再生痴念妄想，负了这暮暮朝朝的美景良辰。

今夜，可有风雅之士，不惧寒冷，去往郊外的梅园赏雪，抑或临着太湖之畔，江雪独钓？而我不喜熙熙攘攘的人潮，总爱隔着窗扉，看飞雪飘舞，万物随之慢慢静了下来。屋内炉火更加旺盛，茶气氤氲，恍若梦境，禅的光阴是这样静美。

"日暮苍山远，天寒白屋贫。柴门闻犬吠，风雪夜归人。"唐人刘长卿诗说的是旧时柴门村落的风景，于我真实可亲。幼年时光皆在乡村度过，那里的一瓦一檐、一雨一雪，皆有远意，朴素清好。

南方山多，行走在红尘阡陌，唯见山峦浩荡绵延，流水潺潺，恍如画境。儿时的雪，没有如今这番端秀柔情，却另有一种写意风骨。下雪天，时光悠长，搁下了素日里繁忙的农事，收拾了心情，人生亦轻灵如雪，没了分量。

母亲清晨起床便生了火盆，烧上开水，厨房的炊烟袅到厅堂。天井几块大青石上，雪积了厚厚一层。我穿上花袄围坐于火盆前，不肯踱步。院外的柴垛上、戏楼下的晒台，还有古井，皆在飞舞的大雪中，换了新颜。

雪后门庭寂静，唯有几声犬吠，以及小巷雪夜归来的路人发出的一点声响。明明在近处，忽而又远去，瞬间没了踪影。屋内被窗外的竹影辉映，漏洒进来细碎的月光，轻柔洁净。母亲还在灯下穿针引线，父亲又背着药箱去邻村问诊，渺小平凡的他，却可以救治众生。

我多么想回到那个窄小古老的村庄，与他们一起，虚度雪日光阴。一起坐于厅堂，静静看雪，把一壶茶喝到无色无味，从清晨到午夜，直到世界彻底安静。那些温暖的故事，不知遗落在哪段岁月里。每当落雪之时，回忆便成了最美的风景。

长大后读《红楼梦》，方知雪有另一番气势与风情。大观园里亭台别院、竹桥轩落，被积雪覆盖，俨然一幅繁华的金陵雪景图。居住在大观园里的红楼女儿，在大雪之日，更是怀了诗心，约定芦雪庵中即景联诗，比之名士更为风雅多情。

院外琉璃世界白雪红梅，窗里赏雪烤肉题韵作诗。黛玉之灵秀，湘云之豪迈，宝钗之典雅，宝琴之才情，雪中群芳争艳，胜过了世间万千奇景。那场雪，装饰了大观园里所有人的梦，以及她们对青春的怀想。

白雪无暇，却不得久长，湛湛日光下，便稍纵即逝。一如红楼女子的命运，清白素洁，竟皆不得善终。她们的人生太过短暂，仿佛只是吟罢一首诗，赏过一场雪，描完一幅画，爱过一个人，就匆匆结束。看似温柔富贵之乡、百年基业，亦只是黄粱一梦，经不起光阴的消磨。

那日宝玉联句落第，被罚访妙玉乞红梅，并作诗一首："酒未开樽句未裁，寻春问腊到蓬莱。不求大士瓶中露，为乞嫦娥槛外梅。入世冷挑红雪去，离尘香割紫云来。槎枒谁惜诗肩瘦，衣上犹沾佛院苔。"

我竟是大爱这首诗，许是因为诗中沾了禅意，染了佛院的苔痕，还有宝玉对妙玉那一份淡淡的情意和牵挂。于他，黛玉是红尘中的知己，而妙玉则是灵山路上的伴侣。对妙玉之心，圣洁而高贵，不敢有丝毫的轻薄与亵渎。气质如兰的妙玉，亦把她对宝玉的情，藏于心间，释怀于每个清修的日子里。

若说我喜欢妙玉，莫若说我喜欢她那盏梅花香雪茶。她请黛玉和宝钗去喝茶，取的是五年前于玄墓蟠香寺收的梅花上的雪。此水煎的茶，定是清醇冰透，香味幽绝。黛玉本是大观园中最为冰雪聪明之人，那日竟没能品出那盏茶水的由来。妙玉亦不容情，对其冷笑，黛玉却不与她计较，可见她们虽然素日无多来往，心中早已惺惺相惜。

"隔年蠲的雨水那有这样轻浮，如何吃得。"妙玉对茶，对棋，对琴，对诗，乃至对金石古玩的体味，都有深远的境界。她是修行之人，每日坐禅读经，青灯古佛相伴，内心终不忘世间情爱。倘若不遇宝玉，她的人生，亦会有另一番际遇。

大观园里吟诗作赋没有她，吃酒行令没有她，游园看戏没有她。这样一位才华绝代的花样女子，在栊翠庵过着遗世独立的生活，最终落入泥淖之中，令人心痛惋惜。她祖籍苏州读书仕宦人家，定是水榭楼台看遍，书香四壁。

这样一个女子，宛若江南一朵初雪，轻灵秀丽。想起她，便想起栊翠庵那满树的白雪红梅，还有一盏清香怡人的茶。也许，那场雪还一直在下，也许在大观园繁华散去之后，她觅得另一处庵庙，于禅房煮茗赏雪，心若止水。参禅修道之人，皆有宿命之说。那些已经写好的结局，又岂能轻易更改？

这场南国的雪，以缓慢的姿态停息。独留我一人，醉于茶盏中，不肯醒转。而后，我竟梦回唐朝，入了柳宗元《江雪》之诗境："千山鸟飞绝，万径人踪灭。孤舟蓑笠翁，独钓寒江雪。"

那老翁，不是唐人，不是高士，亦不是隐者，而是我那逝世多年的外公。孤舟之上，他披蓑戴笠，独钓一江寒雪。慢慢地，春花开了，便可钓清风白云、岁月山河。

普洱江湖

谁曾说过，大凡珍爱之物，总不愿轻易与人提起。仿佛藏于内心深处，方是对其情深的表白，是尊重，亦是承诺。可对茶的喜爱，却无法遮掩，每日无事，闲坐品茶，只作是消磨光阴，亦为修行。

几时喜爱上了品茶，于如流的记忆里，早已模糊不清。一如不知何时爱上了文字，爱上了山水草木，以及窗外那一片新月，还有檐角的细雨。后来，我将这些遇见，并且再也无法割舍的风景、事物、人情皆视作缘分。

茶的江湖，亦是山高水深，壮阔无际。绿茶、白茶、红茶、乌龙茶等，各有姿态，兀自风流。或含蓄内敛，或傲气豪放；或端雅温柔，或闲散洒然。春水秋韵，悠悠千载，到底清香不绝。

家中的茶叶，亦是品类繁多，似乎与茶相关的树叶，我皆喜好。

春秋之季多喝白茶、乌龙茶，夏日饮西湖龙井、苏州碧螺春、无锡翠竹，而冬季则品红茶和普洱。后来经岁月沉淀，所品的茶亦少了许多。再后来，只要是被称为茶的鲜叶，于我似乎皆是亲和可喜。晨起或午后泡上一壶，消解多少愁烦，抵却数年尘梦。

素日里，遇上喜好的茶壶、茶碗、茶盏、茶杯，皆寻回藏之。紫砂、瓷器、粗陶，为茶中知己。每一件物品，皆有其故事与情感，它们的由来只有珍爱的主人所知。品不同的茶，取不同的器皿，用不同温度的水，亦有不同的心情。它不信盟誓，亦不许诺言，只在属于自己的杯盏里，与水生死相共。

在遥远的彩云之南，有许多美丽的风景，亦有许多美丽的传说。那有一座去了便不能遗忘的城，那里飘飞的尘埃，亦是风情。有一种叫普洱的茶，便滋长于那里的原始山林。千百年的老树，长出鲜嫩的芽，被茶人采摘，压制成饼，再为茶客品味珍藏。

有人说，普洱江湖，深不可测。许多看似其貌不扬、陈旧沧桑的普洱茶饼，却珍贵如金。珍藏普洱，一如珍藏古玩中的紫砂、陶瓷、玉器，不只是看其年代，更看其材质和做工。不同的山脉，种植不同的茶树，其贵贱亦有不同。

云南茶山，商贾云集，茶客往来。更多的人说，普洱是可以收藏的古董。但不是所有的普洱茶饼，皆值得珍藏。普洱江湖，亦不是如想象中那样静水深流。古树名山、天然材质、原料纯粹、做工精细，此般普洱茶饼收藏百片，取干燥通风处搁置，数十年后，一如陈年佳酿，历久弥香。

其实，有关普洱的江湖，我所知有限。甚至与茶有关的故事，我亦无多知晓。只知道，那一片片绿叶，经光阴的熏染，给了世人无尽的风雅与闲逸。如果说水是茶的知己，壶是茶的良朋，那众生，则是茶的归宿。

待到百媚千红，繁华过尽，最为真淳、最为世故，亦最为深邃的，方是普洱。一株千百年的老树，看惯消长荣辱，江山更替，自是沧桑不言。一片普洱茶饼，涉世经年，它阅尽众生无数，深知人情风霜。默默沉浸在漫长的光阴里，无须岁月打磨，亦有了气度，有了韵味，有了品格。

普洱，像一位深谙世事的老者，让往来匆匆的过客，渐渐停下了步履，听它絮说昨日的风云。在最深的红尘里，我终与之相逢，那年初见，却有如久远的故交，亲厚，知心。它低调，沉着，却有遮掩不住的气场和风采。

后来，与许多的茶亲近，却总不如普洱这样深刻长情。几片普洱茶饼，摆设于博古架上，馨香了屋舍，亦装点了心情。时间久了，它们和古玉、青瓷以及粗陶，皆成了古物，被世人追捧，迷恋成痴。

"落梅知味"——一款与我相关的普洱，一段不为人知的尘缘。一株老茶树，一枝傲雪寒梅，在岁月苍劲的枝头，清绝又骄傲地开着，繁盛亦潇洒。于茶中，我遇见了真实的自己，品出人间清欢。这是茶的宿命，亦是我的宿命。

天弘茶业创始人李朝仲亦是普洱江湖里的一个传奇。他一入茶海十年风雨，历经无数次起落浮沉，亦是沧海桑田过尽。后再遇骇浪惊涛，自是从容淡定，显王者之风。他自称天弘龙主，用他亲制的普洱茶饼，诉说与普洱相关的故事。

每一个茶人，都希望找到今生属于自己的那盏茶，此后便有了归宿。于茶中游阅名山大川，于茶中淡看岁月流逝，于茶中闲话阴晴冷暖。人世百年，就那么匆匆过去了，功贵贫贱，亦不过是一段浅薄的光阴。

草木有灵，通人情，知禅理，有着不死的灵魂、不老的青春。那株叫茶的草木，历千秋百代，终是鲜叶嫩芽，毫发无损。更因了时光的徙转、岁月的沉浸，愈发深邃醇和，饱满丰盈，韵味悠长。

记忆渐渐地长成了一株叫普洱的老树，在绿植遍布的原始森林里，静静禅修。只待春秋之季，采制成茶，将苦涩与甘甜赐予众生，沧桑留给自己。

与茶相逢相知，是劫亦是缘，只因一旦品尝，此生再难放下。人生亦如那片古老的普洱，等待有缘人珍藏和开启。任何的错过与缺失，都是一种遗憾。普洱，看似陈旧古朴，深邃难解，实则淡若清风，洁净空灵。一如那个你遇见、懂得并珍惜的人。

光阴很长，年年岁岁看不到尽头；光阴很短，一朝一夕便稍纵即逝。我终只是光阴里那名清淡的过客，在梅花落尽的闲窗下，素布简衣，泡一壶普洱，等待一个前世失约的故人。

　　南国的夜，已不见繁星闪烁，唯有月光，虽不如以往那般明净清澈，到底温柔婉约。清风拂过，花雨成阵，不闻花香，自有一种浓郁，落入心间。时光是一段一段的记忆，春花秋月看似年年如约而至，却从来没有重复的风景。

　　《红楼梦》中，黛玉将大观园里的落花收拾至香囊，取花锄筑了花冢，葬之。她说，落花撂在水里，流了出去，仍旧把花糟蹋了。若埋于花冢，日久随土化了，岂不干净。世上名花皆有主，唯她芙蓉出水，风露含愁，倾城绝代，空负了韶华。

　　"桃花落，闲池阁，山盟犹在，锦书难托。"当年陆游吟诗，唐宛红袖添香，煮茶做羹汤。人世离合悲欢，在有情的岁月里，亦只是寻常。原本一段好姻缘，却生生分离，造就此生弥补不了的憾缺。多年后沈园重逢，亦只是无语凝噎，平添惆怅。

楼下的院落起了灯火，在春夜里柔和而宁静。门前花木深深，一条曲径，一溪流水，穿行于落花之上，步步生莲。每每途经寻常巷陌、庭院人家，便生安定之心。再美丽的人生，也经不起流离迁徙，寻到一座城，觅得一个人，慢慢老去，该多好。

总有人问起，对世上繁华可还有留恋？我那么肯定地回答，自然是有。红尘漫漫，再久长亦不过是一世，何曾有太多的时间去荒废，去辜负。我不愿将自己置身于滔滔世浪中，却对草木山石皆有情感。

近日来，深居简出，喝茶写字，看着满园的春色，由浅至深，随浓转淡。说好错过了梅园的梅花，再不负太湖的那场落樱，到底还是与外界的花事擦肩。仿佛几个朝夕，窗外的繁花已转瞬几度枯荣，我庆幸自己，依旧沉静从容，波澜不惊。

独坐小楼，看窗外浅淡的月光，树影迷离。取出茶具，以及数日不常用的碗盏，生火煮茗。案几上的植物，洁净青翠，每一片叶子都好似在诉说它的情思。这些年，我亦是看遍人情冷暖，后来与茶做了知交，再不敢轻言离别。

每日闲茶一盏，喝到不知白昼，不问世情。其实，人生若有了依托，无论此生逢怎样的遭遇，亦不会有太多的动荡和惊慌。这样的依托，或许是尘世间的伴侣，或许只是一株草木、一部戏曲，抑或是一盏好茶。每当我遭逢困境，或被风露所欺，伴随我的，则是那盏清茶。

　　记得幼时，外公曾说，懂得喝酒、学会饮茶的人，是享受人间清福的人。白日里，无论多少劳作，或打柴，或耕地，或开荒，黄昏归来，坐于桌前，一壶酒、一盏茶，洗去一切劳烦。外婆是巧妇，自家菜园的蔬菜，亦可做出几道美食，供外公下酒。

　　若有闲情，外婆亦会和外公推杯换盏，说一些远去的过往。明净的月光流泻在院内的葡萄架上，洒落一地的清辉。蝉声悠远，路旁的柳溪长亭行人渐稀。后来，我亦坐在一旁，斟了一盏葡萄酒，听外婆说老去的故事，只觉人间现世，是那样安好可亲。

　　外婆就这样伴了外公一生，在那个美丽的南方小村落。他饮酒，她煮茶；他耕种，她织补。世上多少凡夫俗妇，亦只是这样寻常的夫妻，寻常的两人。他们在人世相伴了六十载，外公提前离尘而去，留下外婆，子孙满堂，亦不觉孤寂。外婆以九十多岁的高龄在人间走了一回，也不过是一世。爱恨悲欢，与寻常人一般，不增不减。

　　日暮残阳，或是烟雨小舟，多少渔樵闲话，都沉落在漫长无涯的时光里。此生无论行经何处，留宿哪里，虽有明月相随、茶酒作陪，内心却再也没有那般宁静安适。年少时，盼着流光走得快些，那样就可以省去许多青涩的片段，如今则希望时光止步，让我留住这瞬间的容颜和柔情。

后来，外公将世上的清福留给了我。每年春日，我总会酿上几坛果酒，经时光沉淀，再开启，品味岁月的醇香。一盏酒，一壶茶，几两烟雨，半弯冷月，若遇知音，则举杯对饮，一个人亦当如是。所缺的，是那样寻常朴素的生活，人世爱恨于我，似乎亦成了虚设。

总会想起算命先生的话，说我一生注定孤寒，任凭我多么渴望温暖，内心有一个角落，永远清冷无依。宿命有如岁月山河、人间四季，有始有终，不能更改。我亦曾有过美丽的相逢，最后皆是转身擦肩。身边所留的，只是几盆花草，还有一些值得珍藏的佳茗。

人在世间行走，总有许多渺小的事物会碰触你内心的柔软，让你一见倾心。我亦是带着感动，于人世风景中来往，相逢与别离，皆是过眼云烟。最初遇见的那个人，和最后道别的那个人，都不属于自己。

其实，孤独亦是一种美丽。一个人，卸下凡尘的一切，无有牵挂地活着，不必计较时光快慢，年轮几何。比如此刻，所有的人都在温柔的夜色中沉沉睡去，独我，一盏孤灯，桌案书写。窗外，一溪流水，明月落下的光影明净清澈，还有久违的蛙声，好似回到了从前的村落。不同的是，我已远隔故里，在都市寻得宁静的一隅，得以安身立命。

万家灯火，有太多的故事、太多的冷暖，幸与不幸，当是宿命。今日我选择的生活，亦是当年所想，种种过往，有如云烟匆匆远去，留下的则是真实的自己。多年浮沉，始终心性明澈，不忍落俗，只盼着，在书卷中寻求知音，于杯盏中长醉不醒。

时光仍在，而我瘦减了年华。我从未想过要与时光一争输赢，无意成败，得失随缘。那么，以后的日子，就忘记光阴，安静缓慢地老去。只这般，煮一盏闲茶说过往，留半窗明月看流年。

素颜修行

　　"有一种寂寞，身边添一个可谈的人，一条知心的狗，或许就可以消减。有一种寂寞，茫茫天地之间'余舟一芥'的无边无际无着落，或许只能各自孤独面对、素颜修行吧。"此为作家龙应台的文字，读后喜爱至极。

　　在烟火鼎盛的红尘中行走，纵是被花木阳光簇拥，内心深处依旧有一个角落是寂寞清冷的。那个角落，没有人可以走进去，连同自己，亦只能徘徊在心门之外。

　　素颜修行——令人心动的字，似江河日月那样洁净洒然。生命的起始，原本是朴素简洁的，后来遇到太多的诱惑，经历太多的聚离，便不再纯粹干净。我是清淡的，无论陌上多少锦绣繁花，总是安稳自持，平静闲逸。

虽没有过着一箪食、一瓢饮、居陋巷的生活，却对尘世繁华无多向往。心中只愿，有一处洁净的安身之所，空时泡一壶闲茶，独自慢饮；焚一炉香，看一窗烟雨，等一场落红，素颜清心，于尘世中安静修行。

张爱玲曾写过一段文字——于千万人之中遇见你所要遇见的人，于千万年之中，时间的无涯的荒野里，没有早一步，也没有晚一步，刚巧赶上了，那也没有别的话可说，唯有轻轻地问一句："噢，你也在这里吗？"

在无涯的时间里，于千万人中，总会遇见一个与你同修同行的人。这个人，也许会陪你走过几程山水，看过几度月圆，但有一天，终会和你人世风景相忘。之后的千山万水、朝云暮雪，亦只是你孤独地走完。

缘来时彼此欢喜亲和，缘去时亦是平静珍重。人生这场修行，是一个删繁留简、去伪存真的过程。光阴在你脸上刻下岁月的印记，心却如春水明镜，喜乐清好。人有善念，则天地宽容，草木慈悲，山水间自有清韵，浩荡悠悠。

幼时居住偏远山村，吃的是自家菜园栽种的蔬菜，喝的是深山云雾采摘的野茶，穿的亦只是镇上换购的棉麻素衣。母亲一生朴素，平日里吃穿用度虽不算拮据，却总是尽可能俭约，积攒银钱供我们读书、以备不时之需。

幼年与母亲去镇上赶集，她持自己缝制的素布手袋，一袭洗净的白衫，行走在山风溪水边，野花簪头，亦是妩媚风流。在乡村的日子，母亲饲养牲畜，打理菜园，煮饭洗衣，帮衬父亲采药抓药。稍有空闲，亦是坐于窗下织补衣裳，泡碗淡茶，收音机听听戏曲。我在一旁嬉戏，见母亲那般端正沉静，心生安定和暖意。

生逢盛世，但乡村到底不及城镇繁华，寻常时日皆是简衣素食。孩童不知贫富，亦不解悲喜，除了上学堂，便是与邻伴上山打柴、溪畔采野草，或湖中捞萍、乘舟采莲。没有锦衣狐裘、玉粒金莼，日子世俗亦真切，朴素亦简净。

去年回归故里，母亲命里遭劫，大病一场。面对灾难病痛，纵是骨肉至亲，亦力不从心。她住进医院，我于橱柜为她整理衣物，人生已是黄昏的母亲，橱内的衣物却只是单薄陈旧的几件。想着她一生善良节俭，年轻时备受辛劳，年老本可以安享清福，却落此劫数。心中悲痛，泪落不止。

母亲这一生，算不算素颜修行？无论是居山村旧院，还是住高楼新宅，她皆一般心事，朴素持家。人世悲欢过尽，她亦是从容度日，不增不减。康健时听瓦檐墙院喜鹊鸣叫，病时亦听闻春日梅花的消息。不似我这般，为了心中温软的江南，丢弃那片质朴的风景。岂不知，旧时民间的山水人家，方是素心修行的道场。

那时竹瓢打水，泥炉煮茶，山花插瓶，修篱种菊，乃是寻常人家的岁月。今时为觅一处田园小院，需跋山涉水，一顿农家小菜如金玉之馔，薪火煮茗更是风尚。有些人，甚至穿了棉麻布衣，素食简餐，寻世外桃源，清寂修行。

我到底还是眷恋人间烟火，素日虽喜清净无争，不与生人来往，古曲闲茶做伴，草木诗书为友，却始终不肯远离尘嚣，独居小楼，淡看窗外繁华来去，四季更迭。红尘为道场的修行，亦是素颜清欢，虽不及山林宁静深远，却有另一番情境。

今时，亦有许多人丢弃了世上荣华尊贵，住进了深山，修筑草庐，做了高人隐士。他们粗衣素食，清心无欲，白日小院打理几畦菜地，夜间点烛煮茗读经。也许，是山林的兰芷松涛，让他们有了断绝尘缘的勇气，是世外的仙风清韵，让他们有了甘守空寂与孤独的决心。

我亦想回归山林，隐逸田园，学陶潜修篱种菊，桃源遗世。可尘世中有太多的不舍和牵挂，舍不下小巷的轻烟细雨，舍不下窗外的绿柳繁花，更舍不下那场多情婉转的戏。亦忘不了母亲的叮咛，忘不了亲友的祝福，忘不了世间那么多美丽的相遇和别离。

冷落门庭，需偶有雅客来访；春水佳茗，亦要同友朋共品。人生有情，有时做个逍遥的隐士，忘情山水，不如凡尘渺小细微的感动。春日里看一场花事，在避雨的檐下，邂逅一个人，无须言语，只一个微笑，便是温暖。或是泛舟太湖，与某个人同船共渡，也许转身就是天涯，却依旧珍惜这简短的缘分。

尘世间的种种，爱和恨，得与失，皆是修行。以一颗质朴的心，对待三千世界的纷纷扰扰，于喧闹中找寻一分清凉。人生漫漫，纵是一个人行走在苍茫寂寞的天地，亦当无悔。其实我们都只是看客，不必入戏太深。

世间一切因果，渺若微尘。《金刚经》云："过去心不可得。现在心不可得。未来心不可得。"我只想做一个安静寻常的女子，不施粉黛，素颜修行，淡然世态，品味孤独。如莲，落泥淖终是雅静，历世事到底出尘。

梅花风骨

人世间有一种清光

我舍不得错过每一个春天、每一片风景，
却舍得错过许多段情缘。人生萍水，
缘起缘灭，再深刻的爱恋，最后都要道别。
有些路，愿意独自一个人走下去，
虽然孤单，却没有伤害，亦无纷扰。

预约白发
上的月光

东坡居士有词吟："多情应笑我，早生华发。人生如梦，一樽还酹江月。"他感叹人生如梦，长江之水淘尽千古英雄，洗却成和败，悲与喜。历史深邃亦沧桑，能记住的人和事真的不多，到最后，都成了时光的影子。

繁花重现，相思如昨。南飞的燕子，匆匆归来，不曾捎来与你相关的消息。自古情多之人，又岂止是你和我，只是再深刻的爱，亦抵不过人生的消磨。无法遂愿之事，不可强求之缘，只好淡然接受，温柔妥协。

晨起梳妆，镜中看见满头青丝中现一根新生的白发。不禁感叹流年如水，太过无情，再美的容颜，都要交还给岁月。到了迟暮之龄，竟忘了自己亦曾年轻过，有过纯净的眼神、惊艳的片影，以及刻骨的爱恋。

　　以往总听得外婆说，如何老成了这般模样。看着她脸上的皱纹，两鬓的白发，心中暗自凄然，连安慰的话，亦说不出口。外婆高寿，年过九旬方显行动迟缓，神思却一直清朗，深晓世事。人生百年，再健朗的人，终有离开的那一日。外婆辞世，当如油尽灯枯，但仍忍不住内心的悲伤。

　　素日里丰神清朗的母亲，被一场突如其来的病，损得身心疲惫。满头银丝，瞬间有如老去十年。有些劫数，躲不过，只好从容接受。大病之后的母亲，磨去了棱角，丢了以往的霸气，显得柔软而脆弱。

　　人生沧海，到了垂暮之龄，再多的梦想与追求，都力不从心。匆匆百年，幻灭一瞬，来来去去悄然无声。多少人，都期待岁月可以重来一回，那样可以省略许多遗憾，珍惜错失的机缘。却不知，宿命前世已定，纵算光阴轮回，亦更改不了任何结局。

　　外婆的摇椅还在，它亦是一个垂垂老者，古老的图案，陈旧的色彩，仍遮掩不住风华的当年。失去了主人的它，寂寞而悲凉。睹物思人，人已远逝，外婆的身影，唯有在梦中相见。好在故乡的竹山上，还有翠竹梅花相陪，清风明月护佑。

　　我问母亲，可愿回到竹源，将废弃的老宅重新修葺。围个敞阳的院子，种上花木，养一池莲，过回以往的日子。母亲竟摇头拒绝，她说就算再如何修筑，亦不可能回到从前模样。老一辈的人相继去世，年轻人为了理想远走他乡，原本繁闹的村庄，亦是人烟稀少，冷清寂寥。

她并非不愿回去，而是害怕孤独终老。到了这年岁的人，没有了追寻风花雪月的心情，无须禅定修行，每一个日子皆是寡淡无味。母亲所求，则是可以淡饭粗茶，亲人长伴，喜乐平安。我何曾不想随她回归故里，守在最古老的村落，邀上久别的故人，修筑庄园，把酒桑麻。

城市风光无际，纷繁熙攘，纵是曲径幽深、翠竹溪流之地，亦飞扬了尘埃。到底不及乡村云深雾浓，山高水远，民情淳朴。自古多少隐士，远离京城官场、高墙大院，闲居山林，采菊东篱，为的只是一份闲逸和淡泊。

多年以后，满头白发，亦是守着柴门旧院，精神矍铄，道骨仙风。外公生于书香门第，祖上亦出过进士、举人，后家道中落，终与泥土相伴，归守田园。外公是个读书君子，素日里农田劳作归来，煤油灯下饮酒读书，只属寻常之事。

明净的山月，透过雕花窗格，洒进屋内，静静落在外公和外婆的白发上，温柔亦安详。老式桌椅，粗陶瓶花，炉子上温热的酒，碟子里的落花生。这就是平凡人家的生活，清淡的故事，说起来却总是那么美好，令人遐思。

后来，岁月把白发给了母亲，她亦是坦然接受。多年来，她陪伴父亲开一家小诊所，风雨相随，喜忧与共。离开故园，她亦是不舍，她留恋那里的乡亲邻里，那里的草木山水，亦割舍不下那里的民风民俗。

我亦有了初生的白发，总以为，青春漫长可以任意蹉跎，原来竟是这般短暂。多想让自己停留在最美的时光里，那样白衣胜雪，玉立亭亭。就连忧伤，都是洁净的，不必惧怕花开花落，亦无须为谁更改过程。

慢慢地，我亦只剩下回忆，不爱轻妆，只爱天然。遥想幼年时山间打柴、湖心采莲、池塘捞萍的日子，我当真是老了。年少求学，遇见过许多旖旎的风景，亦有刻骨难忘的人。再后来，红尘飘荡，尝尽冷暖，方寻得当下安稳的生活。

人生如梦，醒梦竟是如此不易。独坐小窗，满园春色，我却不是当年的自己。对着窗台的月光、镜中的一丝白发，回首过往，总还是有些人会被想起。世间情爱，难以地久天长，亦曾有过交心之人，最终被时光给辜负。

月下对坐，雨中漫步，踏青折花，许多美丽的过往，随了流光远去。一些人，一些事，一旦离开，便是诀别。此后，千山迢递，万里层云，如何觅得影踪。若有重逢时，亦是霜华满鬓，相见无言。

有一首很美丽哀伤的古曲，叫作《预约白发上的月光》。心静之时，总爱反复倾听，仿佛可以在缓缓悲伤的韵律里，寻到久远的过往。清凉的月光，落在我新生的白发上，白发上。

> 这是一场无法预约的月光
> 那些有情的过往
> 与我新生的白发遥遥相望
> 你说无论容颜如何更改
> 我永远都是你梦中的想象
> 青春的知遇
> 是一场纯净的苍茫
> 曾经丢失了主角的故事
> 是否真的该被遗忘
>
> 这是一场约定好的月光
> 静静地落在我初生的白发上
> 悠悠岁月聚散无常
> 落梅十年
> 我亦不过老去一点点沧桑

那么多的过客黯然神伤

那么多的灵魂无处安放

守着漫漫尘世云来云往

在没有你的日子里

我也会安然无恙，安然无恙......

春宴

总有人问起，如果可以，你愿意在哪个朝代生活？是魏晋，唐宋，或是明清，还是活在当下，现世即安？似乎每个朝代，都有其不可取代的韵味和风华。魏晋的风骨，盛唐的壮丽，宋的旖旎，明的简净，还有清的闲雅。

我愿意在魏晋，随竹林七贤，闲隐于山林野外，遗忘红尘。亦随王羲之，相聚于兰亭，参加那场曲水流觞的春日盛宴。又或者是杜甫笔下那位长安水边的丽人，肌肤胜雪，绣罗衣裳。更是误入宋词里的女子，吟唱着"一种相思，两处闲愁"的词句。

春天是一场美丽的盛宴，我愿意化身千百，去赶赴每个朝代华丽又风雅的筵席。乘上光阴的马车，携琴提酒，沐着春风，赏阅行途游走的风景。春光短暂，仿佛稍一停驻，那璀璨的花事，一夜之间便会凋零。我不想做那个缺席的人，辜负了姹紫嫣红的春光。

上巳节，民间古老的节日，俗称三月三。《论语》云："暮春者，春服既成，冠者五六人，童子六七人，浴乎沂，风乎舞雩，咏而归。"

这一日，洒扫庭除，晒洗衣物，采花簪头，沐浴更衣。这一日，登山斗酒，临水宴宾，游船踏青。文人墨客、商贾官宦、寻常百姓，乃至素日里不可出门的闺阁绣户，皆穿戴整齐，结伴游春。

记得幼时三月三，村里亦会举行一场春日的盛宴。江西南城有一座麻姑山，为麻姑仙子的修行道场。道教兴起后，便认农历三月三为西王母蟠桃会之日。而麻姑献寿，亦是因此由来。天上繁华一日，人间几度沧海桑田，众生所能做的，则是请了香火，祈求平安康健。

那日，村夫上山打猎，村妇则在家舂米，自制糕点。外婆会用采来的艾叶做上糕团，再做几盘杜鹃花饼。亦会采院里的桃花，洗净晾晒，用自家的粮食酒，酿上几坛桃花酒封存。也有人祭山神、仓神，三月三后，当年的春耕便要正式开幕。

也有风雅之士、多情少女、天真孩童，携了果点，备上佳酿，游山踏青。每逢三月三，我便邀了同伴，提篮去采摘山花野草。连绵不绝的山脉、漫山的杜鹃红、一簇簇粉艳的桃花，以及许多叫不出名字的山花，开得难舍难收。

我们摘花簪戴，交换自家携带的美食，渴了吸饮花露，舀山泉。听外婆说过，每个女子都是一种花，天上有专门司掌的花神。我们于山间相邀跪拜，用糕点和鲜花祭拜花神。如今想来，幼时纯真的趣事，亦是一种风雅。

后来读《红楼梦》，有一段描写宝玉搬进大观园之句，甚为喜爱："每日只和姊妹丫头们一处，或读书，或写字，或弹琴下棋，作画吟诗，以至描鸾刺凤，斗草簪花，低吟悄唱，拆字猜枚，无所不至，倒也十分快乐。"

也是在那个春日，宝玉和黛玉在沁芳闸桥边桃花底下一块石上坐着，共读《会真记》。落红成阵，黛玉肩上荷了花锄，挂了花囊，拿了花帚，在桃花林中，起了花冢葬花。《西厢记》中有词吟："花落水流红，闲愁万种。"让人心痛神痴，泪流不止。

有人说，黛玉就是那朵水中的芙蓉，风流韵致，无人能及。宝钗则是那株华丽的牡丹，艳冠群芳。探春是杏花，湘云是海棠，李纨是梅花，每个红楼女儿，都是一株美丽的花木。后来晴雯死了，有个小丫头为了劝慰宝玉，编出善意的谎话，说晴雯是司掌芙蓉花的花神。

大观园的春天，是一场最奢华的盛宴。红楼女子，相聚于花树下，采摘鲜花，于亭台水榭调制胭脂膏子。琉璃盏、白玉杯、玛瑙碗、琉璃小磨里，流淌出洁净的花汁，调上蜂蜜，便制出天然的胭脂膏子。而怡红公子宝玉，则喜爱吃丫头唇上的胭脂，亦时常自制胭脂给园里的姐妹。

"暮春之初，会于会稽山阴之兰亭，修禊事也。"魏晋时王羲之的《兰亭集序》，所写的则是上巳节，四十多位文人名士相聚于兰亭的雅事。他们在水滨宴会，饮酒作诗，周围茂林修竹，兰草依依，潺潺流水，景色绝佳。

吴自牧《梦粱录》云："三月三日上巳之辰，曲水流觞故事，起于晋时。"后来上巳节，许多文人雅士，亦效仿魏晋，在曲水边，畅饮人生。魏晋隐士，多为躲避纷乱政权，放逐山水。他们服食五石散，纵酒高歌，有颓废之意，却又让落入尘网的世人心生向往。

大唐时的上巳节，更是空前绝后的繁盛与昌荣。杜甫的《丽人行》曾写道："三月三日天气新，长安水边多丽人。态浓意远淑且真，肌理细腻骨肉匀。绣罗衣裳照暮春，蹙金孔雀银麒麟。"亦是描述长安曲江的盛景。

唐人周昉著名的《簪花仕女图》，描写的则是贵族仕女春日游园的情景。她们着华丽的服饰，高耸的云髻簪牡丹、别茉莉，在奢艳的庭院消磨时光。一个个雍容华贵，蛾眉杏眼，步步春色，款款闲情。或漫步，或赏花，或戏蝶，或观鹤，甚至懒坐，神色悠闲，姿态静美。

盛唐的女子，美艳闲雅得宛如一个春梦。徜徉在无尽的春光里，散怀于庭园花下，任凭时光如水，她自闲逸慵懒。那是一场春日的盛宴，她们媚似海棠的风姿，令春色为之换颜，岁月为之低眉。

上巳节已近，此刻山林野外、庭园轩落已是百花齐放。牡丹之艳丽，海棠之妩媚，山桃之娇粉，樱花之凄美，各自丰腴饱满，仪态万千。它们无意世间悲喜，只在最美的年华里，放纵自己，珍爱自己。

世态纷繁，民间许多节日已逐渐被世人淡忘、省略。人们有太多的束缚和责任，就连赏春的心情亦不同往日那样诗意纯粹。明媚艳丽的春光，就那么匆匆过去了，今日繁花满树，明日已是落红成雨。

光阴者，百代之过客。这短暂的人生，莫要留下太多遗憾给自己。不知今年，这场春风如酒的盛宴，你是否缺席？

似水流年

　　《牡丹亭》里杜丽娘游园时曾说："不到园林，怎知春色如许！"旧时达官贵胄、书香门第皆有小庭深院、湖山亭阁。园林里种上百种花木，四季苍翠。素日里，主人于园中品茶读书，养性怡情；或与友朋雅聚，松下对弈，花前浅酌。青春亦如景色，被悄然虚度了，无迹可寻。

　　今时园林多是旧址，盛季时游客熙攘，唯有淡季方可寻到古人的闲情雅趣。若说典雅婉约、精巧古意，亦属江南园林最见性灵风骨。春日里游园之人甚多，阳光潋滟之日，拥挤的人潮与繁花争闹。踏着烟雨，才可寻一处幽情，拾一地落红。

　　只是时光又岂会将人等候，你若不去赏春，春光便转瞬间走远了。纵使游人万千，亦会有那么一朵花只为你独妍。哪怕是一枝柳条、一抹青苔，也值得你为其驻足低眉。春天如同人生最好的年华，一颦一笑，一言一语，都有其醉人的神韵和风姿。

年轻真好，脸上没有岁月的痕迹，无需胭脂红粉，亦是清丽绝尘。有一大段的时光任由你去挥霍，不必计较生活中的一城一池。可以放逐天涯，白云为家，不必委曲求全安于现状。亦无须惧怕辜负春光，来年春色还如旧年一样姹紫嫣红，赏心悦目。

唯有将青春过尽的人，才会知晓流年似水，落花匆匆。我那原本该是漫长的十年光阴，仿佛只是在纱窗下，打个盹儿，做了个梦，就过去了。来不及啊，真的来不及。那么多想要去的地方，不曾邂逅，就换了初颜；那么多想要结缘的人，不曾相遇，就已擦肩。

"甚良缘，把青春抛的远。"在最好的时光，遇见自己喜爱的人，是运气。怕的是，最好的年华里，最爱的人，都不在身边。世间多少锦绣良缘、神仙美眷，都付与似水流年。

当年小龙女跳下断肠崖，亦是拿十六年青春赌一场约定。她赢得了杨过不离不弃的爱情，于古墓里双双终老，却输掉了十六年最好的华年。当年阿朱为了至爱的男人一生不被仇恨所缠，甘愿死于他的掌下。她得到萧峰永远的爱情，住进他的心里，却失去了与他长相厮守的光阴。

世上多少华丽的承诺、深刻的情爱，亦不过是南柯一梦。梦醒后，那漫长的岁月，人世的寥落与苍茫，又该如何去消遣。孤独并不可怕，可怕的是，守着一个不能兑现的诺言，看着自己慢慢老去，又这样无能为力。

看《似水年华》，英和文在美丽古老的乌镇有缘相遇，生了情感。英的出现给文平静的生活，添了浪漫，让乌镇的水，亦有了柔情。在乌镇，英忘记了城市的纷繁，亦忘了自己在尘世还有一段情债，她只想停留在这里，与心爱的人，偎依在乌镇闲逸的日光下，缓慢地老去。

英说她惧怕黄昏，日落时总会掩上窗帘，希望可以省略那个过程。她亦是害怕青春流逝得太快，有缘遇见的人，不曾好好相爱，就成了往事。她从不重复去一个地方，但为了心里的牵挂，她几度匆匆来到乌镇，住在那扇雕花的古窗下，看一河宁静的水，等一个铭心刻骨的人。

有些感情一生也许只有一次，有些感情一生也许只要一次。英把她最美的刹那芳华留在乌镇，转身匆匆离去，却把无尽的怀念和遗憾，给了那些寻梦的人。我亦是为了追忆他们那段似水年华，一路风尘赶赴乌镇。在温柔的月色里，走过逢源双桥，找到的只是远去经年的影子。

文留在了乌镇，为了守住一个残缺的誓言，他倾注一生的光阴。

我是喜爱英的，喜欢她的懦弱，亦喜欢她的决绝；喜欢她的真挚，更喜欢她的随性。那行走在长巷里的寥落身影、望穿秋水的忧伤眼神，令人内心百转千回，不能平静。

后来，方知道，有过故事的女子，最是风情，最有韵味。青春是纯净的，像一本合上的书，等待有缘人去开启，去懂得和感动；但走过山山水水，看罢云聚萍散的女子，更让人心生痴迷。

想起林青霞一袭红衣坠落山崖的凄绝美艳，王祖贤白衣似雪的低眉回首，更忆起袁咏仪身着旗袍、历尽沧桑，却有一种洗尽铅华的淡然和美丽。还有赵雅芝，那个被时光遗忘的女子，无论过去多少年，岁月始终不忍伤害她。但这些女子，终是把最好的年华，交付给了流年。

人生那条悠长的巷陌，光阴洒落了一地。有人悼念青春，有人怀想故人，亦有人拾拣破碎的记忆。岁月的纹络越来越多，肩上的行囊却越来越空，年轻时伤春悲秋的情怀，亦随落花流水，匆匆去也。

都说，到了一定年岁的人，再不必取悦于谁，亦无须别人取悦自己。曾经有过交集的人，无论是谁辜负你，又或是谁被你辜负，都已经成了往事。有时候，爱一个人只是短短几载，甚至几日光阴，而恨一个人却要用一生的岁月。遗忘是一种美丽，远胜于那些自诩为长情，实则薄情的过去。

脂粉既然遮掩不住流年的痕迹，莫如素颜以对这烟火人间，从容相待悲欢聚散。生命若莲，绿阔千红自是美不胜收，雨打残荷亦是一种风韵。假如不曾遇见你，假如不曾开始那么多的故事，时光是不是可以缓慢一点，青春又是不是多了几分遗憾?

这万紫千红的春光，如同虚设的风景，又该如何去消遣? 想来，可怕的不是如流的光阴，而是红尘陌上孤独的背影。你看那漫天飞花散作雨，等到春光过尽，留下剩水残山的景致，一个人寂寞地品味。

岁月结茧，旧欢如梦，人世间许多故事，那样漫不经心地走过了。这一生的时光，仿佛只是用来泡一壶茶，填一阕词，等候一个人，再无他事。

优雅老去

春天真的来了，她缓慢而优雅，青翠而艳丽。桃杏满山，丝柳含烟，绿苔陌上，燕子西楼。这就是春，连风都是清凉洁净的，不染一丝尘埃。我是那位行走在光阴长廊的看客，为这繁花似锦的红尘倾心，不舍醒转。

《牡丹亭》有句吟："则为你如花美眷，似水流年，是答儿闲寻遍，在幽闺自怜。"在你年轻时，光阴多情亦美丽，当年华老去，光阴无情亦冷漠。唯有那些戏剧中的人，留在书卷里、唱词中，不会老去。

每个人，在青春岁月里，都会筑一个优雅的梦。梦里有一处宁静而安适的居所，或偶傥少年，或如花美眷，无需华丽的生活，只过朴素的日子。彼此情深意长，爱得纯粹，亦彻底。两个人的世界，静好安然，世事无恙。

《倩女离魂》开篇写道："花有重开日，人无再少年。休道黄金贵，安乐最值钱。"人生短如春梦，寒来暑往，转瞬即逝。你亦不过是个伶人，扮演了几个角色，演了几场爱恨，便被世人遗忘在陌生的角落，孤单终老。

一树梅花一溪月，一纸年华一光阴。世事沧桑，唯有唐宋诗词，永远那么风雅闲逸，不落俗流。原本我们都是品茶听戏的凡人，后来竟入了戏，亦抹上了油彩，投入情绪，装扮着别人离合悲喜。

昨日去灵山请香，陌上已是百花争艳，春光无限。碧波万顷的太湖，看不到边际，偶有一叶扁舟，落于湖上，添了意境。想当年，范蠡和西施，择这吴越胜地，泛舟于太湖烟波，双宿双栖，细水长流，是一件多么浪漫亦幸福的事。

"苎萝山下，村舍多潇洒。问莺花肯嫌孤寡，一段娇羞，春风无那。趁晴明溪边浣纱。溪路沿流向若耶，春风处处放桃花。山深路僻无人问，谁道村西是姜家。奴家姓施，名夷光。"

她叫夷光，苎萝山下一位平凡的浣纱女，因了绝代姿色，成了吴王的宠妃。亦见证了那场吴越之争，看罢满目兴亡，最终与越国大夫范蠡隐居太湖，做了一个浣纱的老妪。她随着日出日落优雅地老去，依旧美丽，依旧倾城。

"看满目兴亡真惨凄，笑吴是何人越是谁？"历史的硝烟早已停息，那些荣辱兴废之事，成了渔樵闲话。浩渺深邃的太湖水，淹没了许多有情的过往，关于他们那些百转千回的故事，早已失去了原本的真相。

我与灵山大佛，亦有十年缘分。他依旧遥遥伫立于山峦之巅，淡看人间沧海桑田。而我还是那个凡人，在名利熙攘的世间，碌碌难脱。所能做的，只是每年上灵山，请香参拜。在菩提圣洁之地，与佛陀许下一段心愿，祈祷一份平安。

无论人间经历怎样的战乱、病痛、疾苦，佛永远端坐莲台，不落浮沉。今生既已为人，亦将从容地完成来到人间的使命，尝尽爱恨悲欢，再缓慢优雅地老去。来生做放生池中一朵莲，听僧佛讲经说法，普度众生。

那时年轻，不觉青春易逝，红颜易老。只想随自己心意，爱自己想爱的人，做自己想做的事。到后来，白发初生，竟生了迟暮之心，只愿守着安稳日子，让自己活得不要太仓促，太凌乱。有一天，就算老，亦要老得明净，老得波澜不惊。

我舍不得错过每一个春天、每一片风景，却舍得错过许多段情缘。人生萍水，缘起缘灭，再深刻的爱恋，最后都要道别。有些路，愿意独自一个人走下去，虽然孤单，却没有伤害，亦无纷扰。

一个人，在落花时节、流水窗前，新火煮新茶，养几株植物，看着自己慢慢地老去。后来，关于我的消息，被故人渐渐遗忘，仿佛我从来没有出现过，不曾与任何人有过交集。始终是一个人，一杯茶，云淡风轻，淡漠悲喜。

春风陌上，桃花万里，我竟想起杭州西子湖畔那个叫苏小小的女子。"燕引莺招柳夹途，章台直接到西湖。春花秋月如相访，家住西泠妾姓苏。"一个真性情的女子，一位名扬杭州，被无数仕宦客商、名流雅士追慕的才女。

她一生爱好山水天然，亦躲不过情关。"妾乘油壁车，郎骑青骢马。何处结同心？西泠松柏下。"那是一段多么美好风光的岁月，西子湖畔，烟柳拂风，碧波轻漾。年轻貌美的苏小小乘着油壁车，赏阅春色，遇见了那位骑着青骢马的郎君。

红烛高照，罗帐盈香，他们彼此爱过，拥有过。最后，这位良人亦只是许给苏小小一个苍白的诺言，便转身离去，再没回头。留下她孤独地消受明月白云，那么多的风流名士、贵胄商贾，再也无法入她的心。

她到底是苏小小，没有让自己活到鸡皮鹤发，在最倾城的时光里，她骄傲地结束了自己。"生于西泠，死于西泠，埋骨于西泠，庶不负我苏小小山水之癖。"她死于西泠，连同她的爱情，一起葬于西泠。世间万物有情亦无情，唯山水花木无私，不图回报。

千百年过去了，苏小小依旧守着西泠那片净土，淡看游人来去。其实，苏小小始终是一个谜，她究竟是怎样一个女子，又邂逅了怎样的情缘，又是如何死去，无人所知。她亦不过是钱塘一户寻常人家的女子，为求生计，操琴谋生，不经意成了一代名妓。

以往的我，总羡慕那些剧中的悲情人物，在最美的年华里，决绝死去，不容岁月宰割。而今却欣赏那些无惧光阴磨砺，纵是白发苍颜，亦活得从容明净、优雅端庄的人。有时候，活着比死去更需要勇气，需要耐心，纵算与整个世界妥协，亦要温柔相待。

此去经年，山长水阔，就这么慢慢地走下去，直到地老天荒。初次相逢，与最后别离，明明有许多漫长的回忆，却又仿佛只是旦夕之间。我不曾亏欠你，你亦无须偿还我，我们的流年，匆匆而过，深情的那个人，总是自己。

　　人生应该是一壶好茶，以平和的心情、安静的姿态，看落英缤纷、桑田沧海，做那个洁净真实的人。无论经受多少阴晴圆缺、遇合离散，生命最终的归依，是优雅，是美丽。

长安

　　总觉得，长安是一座活在梦里的古都，它繁华潋滟，亦沧桑悲凉。它历经秦汉风云、隋唐烟雨，其间多少次盛衰兴废，不由自主。长安，世人仰慕的汉唐国都，以王者气势闻名天下，不可一世。

　　这是一座古老的皇城，多少帝王将相在这里丢失了江山，又成就霸业。千古功名权贵、天下山川，如同一场浩荡飘忽的风，都付与苍烟夕照。听过了太多关于这座古都的故事，不曾想到有那么一天，有一段故事，属于我。

　　《史记》记载："汉长安，秦咸阳也。"隔着古老深厚的城墙，在熙攘的人群里，依旧可以看清这座城市的华贵与尊荣，剑影和刀光。历史的尘埃早已风烟俱净，千百年来有多少人叱咤风云，又有多少人梦断长安。

此生我的心里所能居住的，是整个江南。江南的桃红柳绿，江南的烟雨长巷，江南的山水人家，这里滋长了太多的柔情与暖意。而记忆里的长安，不过是一种华丽又缥缈的存在，它给了无数人尊贵的梦想，亦将他们的梦砸伤。

后来，我亲赴长安，与之真实地相处。来来去去，总以为，长安的古道太多风尘弥漫，城墙太多斑驳沧桑，人情太过豪迈粗粝，不愿为之交付真心。却不知，这座古城，早已潜入内心，让我情不由己，记忆深藏。

当年李太白，背上诗囊，辞别亲友，仗剑长安。玄宗亦欣赏其才情，诏为供奉翰林，职务不过是草拟文书，伴随君王左右。那时的长安有着空前绝后的繁荣，胸怀凌云壮志的李白，亦只是做了文字侍从。最后醉倒在长安酒铺，无人问津。玄宗赐金放还，李白的长安梦，从此灰飞烟灭。

多少男儿，为了梦想中金碧辉煌的长安，为了完成此生宏愿，背井离乡。他们别去新婚的妻子，远赴都城，有人平步青云，有人潦倒古道。亦有许多倾城女子，入了深宫，有的艳冠群芳，后宫独宠，有的红颜坐断，孤独终老。

"若得阿娇作妇，当作金屋贮之。"当年一代君王汉武帝，亦对陈阿娇许下此等诺言。他兑现了自己的承诺，修建了黄金屋。但阿娇并未得到刘彻的恩宠，而是守在黄金屋里，孤影天明。刘彻专宠卫子夫，早已忘记当年的誓约。后因陈皇后行巫蛊之术败露，被废，退居长门宫。她的金屋，以及汉武帝的诺言，皆随风而去，散作尘埃。

"一骑红尘妃子笑，无人知是荔枝来。"杨贵妃凭一支《霓裳羽衣舞》，得唐玄宗千恩万宠于一身。玄宗吹笛，贵妃跳舞，丝竹清音，衣香鬓影，海誓山盟，地老天荒。

安禄山叛乱，盛世纷纭，马嵬坡前，唐玄宗为了江山社稷，被迫下旨赐缢玉环。她舞着水袖，含怨离去，留下无尽的遗憾和悔恨给她的情郎。那时的玄宗，已失去君王的霸气，他只是一个寂寞无助的老人，在长生殿里日夜相思断肠。

原来，金戈铁马、乱世风云的长安，亦有柔情似水的时候。多少痴男怨女，在这座古城演绎离合悲喜，只是历史风尘将许多有情的真相掩埋了。所能留下的，则是太多关于这座都城争夺皇权的记忆，以及乱世里的杀戮与纷争。

长安，又何尝不是一座被唐诗浸染的古城。多少文人墨客在这里写下千古诗章，留下感人至深的故事。他们在诗歌的国度饮酒高歌，青春做伴，纵是一生仕途坎坷，落魄荒野，亦当无悔。唐诗是长安城一颗耀眼的明珠，那么多闻名于世的诗人，则是漫天的星子，璨璨于盛世的天空。

长安，亦是一座佛城。因了帝王利用佛教巩固统治，唐朝的佛学之风达到空前绝后的鼎盛。大小寺庙上千座，传教的僧侣亦是数万人。大慈恩寺、青龙寺、卧龙寺、法门寺、香积寺，甚至一代女皇武则天修行的感业寺，皆留下了君王名臣、文人剑客、百姓凡人的踪迹。

我曾几度去往长安，皆寻访香积寺，仿佛前世有一段未了的情结落于这座千年古刹。香积寺远离都市，于偏远的城郊，香客甚少。唐朝王维有诗吟："不知香积寺，数里入云峰。古木无人径，深山何处钟。泉声咽危石，日色冷青松。薄暮空潭曲，安禅制毒龙。"

北国的古刹没有江南的澄澈洁净、灵性雅致，却更见沧桑风骨。春日芳径落英，翠竹依依；夏日绿林深深，清凉如水；秋日木樨飘香，空远高古；冬日亦有蜡梅幽绽，冷艳清绝。

香积寺有一座隋朝时期的古塔，苍凉斑驳，来往的香客皆绕塔七圈，为自己和亲友祈福。我亦在塔下许愿，期待有一天可以放下尘世行囊，飘然世外。我本江南清丽之人，与北国并无多少交集，却不知为何，心中总是有太多割舍不下的牵挂。

居山温水软的江南，看尽山林野寺的翠竹繁花，游遍长江、太湖的千里烟波。在日暮黄昏，却总会情不自禁地想起长安古城。想起那厚重的城墙、街市葱郁的青槐、缤纷的落英、古刹的钟声，还有城楼瓦当上那一束温暖的阳光，以及那些游走在古道的尘埃。

那座城市已经失去了它的霸气，只是高耸的城墙，像一位看尽山河起落的老者，孤独又苍凉地守护那个早该清醒的梦。长安，旧时繁华鼎盛之所，今日亦是人潮拥挤，触摸不到那片明净的天空。

每去一处景区，便会想起那些尘封在历史深处的人，以及他们或灿烂或悲情的过往。他们的步履，亦曾走过这片土地，只是不知能与谁的心叠印？于古人，无论成王败寇，我只生敬畏之心。

胡兰成曾说过："天地之间有成有败，长江之水送行舟，从来送胜者亦送败者，胜者的欢哗果然如流水洋洋，而败者的谦逊亦使江山皆静。"以往只觉这是一个败者为自己的过失所寻找的借口，如今却觉得人生一世，无论成败得失，皆要坦荡如风。

名利、情爱、生死亦是如此。来时平静相待，去时亦淡然处之。生命匆匆，那么多明君重臣，收复多少城池，最后亦拱手让人。长相厮守的身影、地老天荒的诺言，像是映在窗上的梅花，美丽亦虚无。

如果过往注定成为回忆，就请长安的草木，遗忘这个本应是过客、几次三番误入都城的我。那时候，我假装从未去过，亦从没有人见过我。

· 后记

江南的烟雨天，一盏香茗，就那样慢慢地由浓转淡，直到无了任何滋味。多少风尘世事，亦被茶水冲洗，擦去了岁月所有的颜色。一如纷呈万象的人生，几经百转千回，终是简约平淡。

数日来，总是独自深夜不眠，于灯光下孤影织霞，陪伴的则是窗外的明月树影、细雨清风，还有案几上的碗茗清烟。心累时，希望可以省略许多繁复的过程，匆匆结束寂寥的时光。可一本书，写到了最后，会有太多宛转的情结，难以割舍。

谁说过，"缘分像一本书，翻得不经意会错过，读得太认真会流泪"，而我的书，也只是有缘人，才会捧读。它是我对草木山河的眷念，对世事人情的解读。你亦不必太过认真，闲暇之时，翻读几段，记住一句简单的话语，便不算辜负。

再华美的词句，再深刻的记忆，皆经不起流光的消磨。也许我们都只是尘世间一个安静的看客，来来去去，始终不能并肩走至一起。有时候，一次温暖的相遇、几句轻柔的叮咛，抵得过世间万千旖旎的风景。

到了这个年岁，再不想取悦于谁，亦不愿难为自己。这日，着一素布白裙，系一浅绿丝巾，好似佛前那朵安静卑微的青莲，连尘埃亦望而却步。想着人世沧海多变，我为何不以这样清淡的姿态，美丽老去。

我留下的，只是几片单薄的语言、几许清冷的色调，像多年前那场无声的絮雪。这不是我对世人许下的承诺，亦不是对过往的表白。假使你不曾来过我的文字梦里，我不曾走过你的山河世界，你还是初时的你，我亦还是当年的我，没有交集，更无遗憾。

锦瑟华年，藏于茂林修竹，落梅心事，付与白云溪水。我亦还是寻常模样，只是遭逢劫数，多了几分从容与淡然。人力若可挽回，又何须太过忧心，若力所不能及，亦只好听信天命。

倘若曾经相伴的人，转身离开，我亦不会悲伤。这世上本无生死相依的情感，人间草木，亦不能只钟情于你我。世事飘忽难定，落花流水不曾相负，翠竹明月又何曾真的相亲。就宛若你和我，原本只是陌路，后来相逢于某个转角的巷口，从此执手相依。

　　倦累时静坐，收拾文字，打理往事，把一些走过的人和事，扫落尘埃深处，再无瓜葛。心似远山净水，清明如镜，无有波澜。那些留存于心间的怀念和牵绊，亦被慢慢割舍，直到淡淡遗忘，不再想起。

　　喝自己喜欢的茶，做自己想做的事，爱自己喜爱的人，莫问是对是错，是缘是劫。直到那一天，我们仓促老去，纵使不能在一起，亦可以守着回忆，独自品味。又或者，彼此遗忘，各自散落在漫漫风尘里。

　　你不必寻我，我亦不会找你。终是一个人，在寂寞的书卷里，忘记时光短长，淡看缘来缘往。

图书在版编目（CIP）数据

人世间有一种清光 / 白落梅著 . -- 长沙：湖南文艺出版社，2020.11
ISBN 978-7-5404-9805-4

Ⅰ.①人… Ⅱ.①白… Ⅲ.①随笔－作品集－中国－当代 Ⅳ.①I267.1

中国版本图书馆 CIP 数据核字（2020）第 188250 号

上架建议：畅销书·文学

RENSHIJIAN YOU YI ZHONG QINGGUANG
人世间有一种清光

作　　　者：白落梅
出 版 人：曾赛丰
责任编辑：匡杨乐
监　　制：刘　毅
策划编辑：刘　毅　柳泓宇
文字编辑：刘　盼
营销编辑：刘晓晨　刘　迪　段海洋
内文插图：老树画画
版式设计：梁秋晨
封面插图：老树画画
封面设计：SUA DESIGN
出　　版：湖南文艺出版社
　　　　　（长沙市雨花区东二环一段 508 号　邮编：410014）
网　　址：www.hnwy.net
印　　刷：三河市中晟雅豪印务有限公司
经　　销：新华书店
开　　本：875mm×1270mm　1/32
字　　数：155 千字
印　　张：7
插　　页：4
版　　次：2020 年 11 月第 1 版
印　　次：2020 年 11 月第 1 次印刷
书　　号：ISBN 978-7-5404-9805-4
定　　价：48.00 元

若有质量问题，请致电质量监督电话：010-59096394
团购电话：010-59320018